키다리 아저씨

세계문학산책 39
키다리 아저씨

지은이 진 웹스터
옮긴이 붉은여우
펴낸이 안용백
펴낸곳 (주)넥서스

초판 1쇄 인쇄 2013년 5월 15일
초판 1쇄 발행 2013년 6월 1일

출판신고 1992년 4월 3일 제311-2002-2호
121-840 서울시 마포구 서교동 394-2
Tel (02)330-5500 Fax (02)330-5555
ISBN 978-89-6790-157-8 04800

출판사의 허락없이 내용의 일부를
인용하거나 발췌하는 것을 금합니다.

가격은 뒤표지에 있습니다.
잘못 만들어진 책은 구입처에서 바꾸어 드립니다.

www.nexusbook.com
지식의 숲은 (주)넥서스의 인문교양 브랜드입니다.

세계문학산책 39

진 웹스터
키다리 아저씨

붉은여우 옮김 김욱동 해설

지식의숲

차 례

우울한 수요일 ...007
대학생이 된 제루샤 ...019
2학년이 되어서 ...076
3학년이 되어서 ...142
마지막 대학 생활 ...175
키다리 아저씨를 만나다 ...200

우울한 수요일

 매월 첫째 수요일은 정말 우울한 날이에요. 왜냐하면 이날은 가슴을 졸이며 보내거나, 큰맘 먹고 가만히 참고 있거나, 아니면 산더미같이 쌓인 일들을 바쁘게 처리하면서 모든 것을 잊고 지내야 하는 날이기 때문이죠.
 바닥은 얼룩 하나 없이 구석까지 윤이 번쩍번쩍 나도록 닦아야 하고, 의자 역시 먼지 하나 나오지 않게 청소를 해야 해요.
 침대도 예외는 아니에요. 주름 하나 잡히지 않게 침대 시트를 매끈하게 펴서 깨끗이 정돈을 해야 하지요. 게다가 아흔일곱 명이나 되는 어린 고아들을 씻기고(그 아이들은 잠시도 가만히 있지 않아요), 머리를 빗긴 다음, 빳빳하게 풀을 먹인 무명옷을 입히고, 단추를 채운 뒤 아이들에게 주의 사항을 하나하나 일러 주어야 한답니다.

"너희들, 오늘은 장난치거나 말썽을 피워서는 안 된다. 평의원(고아원의 운영 문제 등을 의논하기 위한 조직의 회원)님들께서 뭐라고 말씀을 하시면, '네, 선생님.'이라고 예의 바르게 대답해야 해."

정말 피곤한 시간이에요. 제루샤 애벗은 존 그리어 고아원에서 가장 나이가 많기 때문에 힘들고 피곤해도 꾹 참고 아이들을 돌보아야 해요.

하지만 이 힘들고 피곤한 첫째 수요일도 여느 때와 마찬가지로 저물고 있어요. 제루샤는 식당에서 손님들을 위한 샌드위치를 만들다가 살며시 빠져나와 평소에 하던 일을 마무리하기 위해 2층으로 올라갔어요.

제루샤의 담당은 에프(F)실이에요. 그 방에서는 네 살부터 일곱 살까지의 아이들이 줄을 맞춰 놓인 어린이용 침대 열한 개를 사용하며 지내고 있었어요. 제루샤는 아이들 하나하나마다 구겨진 옷의 주름을 펴 주고 코를 닦아 준 다음, 얌전하게 한 줄로 세워 빵과 우유와 자두를 넣어 만든 푸딩을 먹이기 위해 식당으로 데리고 갔어요.

일이 끝나자 완전히 지친 제루샤는 창가에 있는 의자에 앉아

욱신거리는 머리를 차가운 유리창에 기댔답니다. 그리고 곰곰이 생각해 보니 새벽 다섯 시부터 하루 종일 잠시도 앉아서 쉬지 못했다는 것을 알게 됐죠.

모두들 이리저리 핑계를 대고 빠져나가는 바람에 화가 난 원장 선생님에게 제루샤는 온갖 꾸중을 다 듣고 시키는 대로 바삐 움직여야만 했어요. 원장인 리펫 선생님은 평의원들이나 고아원을 참관하러 온 아주머니들 앞에서는 늘 엄숙한 표정을 짓고 있어요. 하지만 언제나 그런 건 아니에요.

이제 좀 쉴 수 있게 된 제루샤는 하얗게 서리가 내린 잔디를 바라보았어요. 언덕 위에는 아름다운 저택이 있었고, 저택 지붕 뒤로 마을의 교회 탑이 어렴풋이 보였죠.

어수선했던 하루도 이제 서서히 저물어 가요. 제루샤는 오늘 하루도 모두가 별 탈 없이 잘 지냈다고 생각했어요. 평의원들이나 고아원 사정을 살피러 온 사람들은 고아원 안을 빙 둘러보고, 보고서를 대충 읽으며 차를 마시고 나서 따뜻한 자신들의 가정으로 돌아가고 있는 중이었지요.

제루샤는 호기심과 부러움이 가득 찬 시선으로, 고아원 문을 나서는 마차와 자동차의 물결을 바라보았답니다. 그리고 마음 속으로 자기가 그 자동차를 타고 언덕 위에 있는 아름다운 저택으로 들어가는 장면을 상상했어요.

제루샤는 보기만 해도 따뜻한 모피 코트를 입고, 깃털 장식이 달린 벨벳 모자를 쓰고, 뒷좌석에 편안하게 앉아 차분한 목소리로 "집으로 가요."라고 운전사에게 말하는 자신을 그려 보았지요. 그런데 저택 현관에 도착하자 안개에 싸인 듯 시야가 흐려지고 말았어요.

  리펫 선생님은 제루샤에게 너무 지나치게 상상에 빠져드는 것은 위험하다고 말씀하시곤 하셨어요. 하지만 그렇게 상상력이 풍부한 제루샤도 그 저택의 현관 안으로는 들어갈 수가 없었어요. 제루샤는 열일곱 살이지만, 가엾게도 아직까지 한 번도 보통 가정집에 들어가 본 적이 없기 때문에 그들의 생활을 전혀 짐작할 수 없었거든요.

  "제루샤 애벗, 누나를 찾고 있어. 사무실에서 말이야. 서두르는 게 좋을 것 같아."

  성가대(교회에서 찬송가를 부르는 합창단) 단원인 토미 딜런이 마치 노래를 부르듯이 말하며 계단을 올라왔어요. 그 노랫소리는 복도를 따라 에프실로 다가올수록 점점 커졌죠. 제루샤는 퍼뜩 현실로 돌아와 불안한 마음으로 물었어요.

  "무슨 일인데?"

  "리펫 원장님께서 부르셔. 근데 굉장히 화가 나 계신 것 같아. 아멘."

토미는 성가를 부르듯 일부러 굵직한 음성으로 노래했어요.

하지만 심술궂은 태도는 아니었어요. 아무리 장난이 심하고 나쁜 아이라고 하더라도 뭔가 실수를 저질러서 원장 선생님에게 불려 가는 누나에게는 동정을 하는 법이니까요. 그리고 토미는 제루샤가 팔을 꼬집거나 세수를 할 때 코가 떨어지도록 얼굴을 세게 문질러도 그녀를 굉장히 좋아했어요.

제루샤는 비록 말은 안 했지만, 잔뜩 겁먹은 표정으로 방을 나섰어요.

'도대체 무엇을 잘못한 것일까? 호두과자 속에 달걀 껍데기라도 들어간 것일까? 아주머니들이 수지 호슨의 양말에 구멍이 난 것을 보신 것일까? 샌드위치 빵을 너무 두껍게 썰었나? 그것도 아니면 대체 무엇 때문일까? 에프실 아이들 중에 누군가가 평의원님들께 버릇없는 행동을 한 것일까?'

아래층 복도에는 이미 불이 꺼져 있었어요. 제루샤가 계단을 내려갔을 때, 마지막까지 남아 있던 평의원이 집으로 돌아가기 위해 현관에 서 있었어요. 제루샤는 그 남자의 뒷모습을 힐끗 쳐다보고 키가 매우 크다는 생각을 했어요. 그 남자가 기다리고 있는 자동차를 향해 손을 흔들자 자동차는 즉시 그가 있는 곳으로 와 헤드라이트를 켜고 정면으로 그를 비추었어요. 그러자 그 남자의 그림자가 벽에 나타났죠. 그 그림자는 팔과 다리가 매우 길게 늘어나서 마치 커다란 장님거미 같았어요.

꾸중을 들을까 봐 잔뜩 걱정을 하고 있던 제루샤의 얼굴에 갑자기 웃음이 떠올랐어요. 그렇지 않아도 잘 웃는 명랑하고 밝은 성격인 데다, 고상한 평의원에게 이렇게 우스운 일이 생기리라고는 상상하지도 못 했기 때문이지요. 그 덕분에 제루샤는 생글거리며 사무실로 들어갔어요. 그런데 이상하게 리펫 선생님도 기분이 좋아 보였어요. 웃고 있지는 않았지만, 손님을 대할 때처럼 기분 좋은 표정이었거든요.

"제루샤, 저기 앉아라. 할 말이 있다."

제루샤는 가장 가까이에 있는 의자에 걸터앉아 선생님이 말을 꺼내기를 기다렸어요. 리펫 선생님은 창문 너머로 자동차가 사라지는 것을 보고 나서 입을 열었어요.

"방금 나가신 분 보았니?"

"뒷모습만 보았어요."

"그분은 평의원 중에서 가장 돈이 많으신 분인데, 우리 고아원을 위해서 거액의 기부금을 내놓으셨단다. 그분이 본인의 이름을 알리고 싶어 하지 않으셔서 이름을 가르쳐 줄 수는 없지만, 우리 고아원에 없어서는 안 될 분이시란다."

제루샤는 평의원의 이야기를 듣기 위해 사무실로 불려 온 적이 한 번도 없기 때문에 리펫 선생님의 말에 깜짝 놀랐어요.

"그분은 이곳의 남자아이 몇 명을 도와주셨단다. 찰스 벤튼과 헨리 프리즈를 기억하지? 그 아이들 둘 다를 미스터…… 아니지, 지금 나가신 평의원께서 대학교까지 보내 주셨단다. 두 사람은 열심히 공부해서 좋은 성적을 받아 그 은혜에 보답했지. 그분은 그것 외에 다른 방법으로 보답하는 것은 바라지 않으시거든. 그런데 지금까지 그런 도움을 받을 수 있는 아이는 남자아이뿐이었단다. 이곳의 여자아이들이 아무리 똑똑해도 부탁할 수가 없었지. 여자아이를 싫어하시는 것 같았거든."

이렇게 말한 뒤, 리펫 선생님은 잠깐 동안 입을 다물었어요.

그러고 나서 다시 천천히 이야기를 시작했어요.

"너도 알다시피 이곳의 규칙을 따르자면 열여섯 살이 되면 이곳을 떠나 자립을 해야 하지. 하지만 넌 좀 예외였다. 열네 살 때 아주 좋은 성적으로 학교를 졸업했기 때문에 고등학교까지 다닐 수 있었어. 비록 썩 예의 바른 학생은 아니었지만 말이야. 그런데 이제는 고등학교를 졸업할 때가 되었으니, 더는 이곳에서 지낼 수가 없게 되었구나. 그래도 넌 다른 아이들보다는 2년이나 더 있었으니까 불만은 없겠지?"

하지만 리펫 선생님은 그 2년 동안 제루샤가 공부보다는 고아원의 일을 더 열심히 했고, 오늘처럼 대청소를 하기 위해 학교를 빠진 적이 한두 번이 아니었다는 것은 이야기하지 않았어요.

"아무튼 오늘은 네 장래 문제에 관한 이야기가 나와서 평의원님들과 어떻게 해야 좋을지를 상의해 보았다."

이렇게 말한 뒤에 원장 선생님은 마치 죄인을 보는 듯한 시선으로 제루샤를 바라보았어요. 제루샤는 자신도 모르게 죄를 지은 것 같은 표정을 지었어요. 어쩐지 그렇게 하지 않으면 안 될 것 같았기 때문이었지요.

"물론 원래 너 같은 고아는 일자리를 찾는 것이 당연하지만, 학교 성적이 좋고 특히 작문을 잘해서 이렇게 고아원에 있을 수 있었던 거야. 이곳의 시찰 위원인 프리처드 부인은 교육 위원도 겸하고 계신데, 작문 선생님과 여러 가지로 이야기를 나누면서 너를 칭찬하셨단다. 그리고 네가 쓴 '우울한 수요일'이라는 글을 큰 소리로 읽으셨지."

제루샤는 이번에는 정말로 난처해졌어요.

"이렇게 너를 위해 모든 것을 해 주는 고아원을 그런 식으로 나쁘게 표현하다니, 너는 정말 은혜를 모르는 아이더구나. 그나마 그 글이 재미있게 씌어졌으니 망정이지, 만약 그렇지 않았다면 네게도 결코 좋지만은 않았을 거야. 그런데 운이 좋게도 방금 가신 그 평의원님께서 놀란 표정을 짓더니 그 글이 마음에 든다며 널 대학에 보내겠다고 하시더구나."

"네? 저를 대학에요?"

제루샤는 깜짝 놀라 눈을 동그랗게 떴어요. 리펫 선생님은 고개를 끄덕였죠.

"자상하신 그분은 너에 관해 의논을 하려고 늦게까지 남아 계셨던 거야. 그리고 네게 학비를 대 주는 대신 좀 색다른 것을 원하셨단다. 너에게 글재주가 있다고 생각하신다며, 작가가 될 수 있도록 교육을 시키시겠다는구나."

"네, 작가라고요?"

제루샤는 어리둥절해서 말이 안 나왔어요.

"그래. 네가 작가가 될지 안 될지는 두고 봐야 알겠지만 말이다. 그분은 용돈도 주시겠다고 했다. 스스로 돈을 관리해 본 적이 없는 사람에게는 지나칠 정도로 많은 액수라고 생각하지만, 처음부터 끝까지 그분이 결정하시는 일이니 그분 뜻에 따라야지. 올 여름은 이곳에서 지내라. 친절하게도 프리처드 부인이 입학할 때 필요한 것들을 모두 준비해 주기로 하셨단다.

평의원님께서는, 기숙사 비용과 학비는 직접 대학에 지불하시고, 4년 동안 매달 용돈으로 35달러를 준다고 하셨다. 용돈은 그분의 비서가 네게 전해 줄 거야. 대신에 너는 한 달에 한 번 감사 편지를 써야 한다. 그렇다고 용돈을 주신 것에 관한 감사 편지를 쓰라는 것이 아니다. 공부가 얼마나 진행되었는지, 어떤 생활을 하는지에 관해서 자세하게 쓰면 되는 거야. 부모님이 살아 계신다고 생각하고 그분들께 편지를 보낸다는 마음으로 쓰면 된다.

네가 쓴 편지는 비서 앞으로 도착할 게다. 이름은 '존 스미스 씨'라고 쓰렴. 물론 그분 이름이 존 스미스는 아니야. 아까도 말했듯이 그분은 진짜 이름을 알리고 싶어 하지 않으시거든.

편지를 쓰라고 하신 이유는, 편지만큼 글솜씨를 키우기에 좋은 것은 없다고 판단하셨기 때문이야. 그리고 네가 어떤 공부를 하고 있는지에 관해서도 알고 싶다고 말씀하셨다.

미리 말해 두지만, 그분은 답장을 하지 않으실 거야. 편지 쓰는 것을 싫어하시는 데다 또 굳이 네게 답장을 해야 한다고 생각하지 않으시기 때문이지. 만약 대학을 그만두고 싶다거나 해서 답장을 꼭 받아야 할 일이 생기면 비서인 스미스 씨와 편지를 주고받으면 된다. 물론 그런 일은 생기지 않겠지만 말이다.

한 달에 한 번 편지를 쓰는 것은 네 의무니까, 무슨 일이 있어도 잊지 말고 써야 해. 이것만이 네가 평의원님께 할 수 있는 하나뿐인 고마움의 표시니까. 은혜를 갚는다는 마음으로 정성을 다해 써야 한다. 늘 존 그리어 고아원의 평의원님께 드리는 편지라는 걸 잊어서는 안 돼."

제루샤는 빨리 이곳에서 나가고 싶어 문이 있는 곳을 바라보았어요. 물론 머릿속은 기쁨으로 가득 차 있었죠. 오로지 리펫 선생님의 지루한 잔소리에서 벗어나 혼자 천천히 생각해 보고 싶은 마음에 제루샤는 자리에서 슬그머니 일어나 뒤로 한 발짝 물러섰어요. 그런데 원장 선생님은 이것을 보고 인상을 찌푸리며 계속해서 말했죠.

"너는 이번에 찾아온 행운에 감사드려야 한다. 너 같은 고아가 이런 행운을 만나는 것은 정말 드문 일이지. 그러니까 언제나 이 사실을 잊어서는 안 돼."

"네, 선생님. 잘 알겠습니다. 고맙습니다. 말씀이 끝나셨으면, 저는 프레디 퍼킨스의 바지에 바대를 대 줘야 하기 때문에 이만 나가 보겠습니다."

이렇게 말하고 제루샤는 방을 나가 문을 닫았어요.

리펫 선생님은 자기 이야기가 아직 끝나지도 않았는데 방을 나가는 용감한 제루샤의 행동에 놀라 할 말을 잊은 채 멍하니 문만 바라보았답니다.

대학생이 된 제루샤

9월 24일 퍼거슨 기숙사 215호실에서

고아들을 대학에 보내 주시는 친절한 평의원님께

지금은 토요일 밤인데, 이 기쁜 소식을 하루라도 빨리 전해 드리고 싶어서 펜을 들었답니다. 하지만 한 번도 만나 뵌 적이 없는 분께 편지를 쓰려니까 어쩐지 어색하고 설레기도 하네요. 그리고 누군가에게 편지를 쓰는 일은, 저에게는 익숙하지 않은 일이랍니다. 왜냐하면 세상에 태어나서 편지는 겨우 서너 번밖에 안 썼거든요. 그러니까 내용이 우습더라도 너그럽게 봐 주세요.

저는 지금 대학에 와 있어요. 어제는 기차를 타고 네 시간 동안이나 여행을 했죠. 말로는 설명할 수 없는 기분이었어요. 말하기 좀 부끄럽지만, 저는 지금까지 한 번도 기차를 타 본 적이 없었거든요.

대학교는 제가 상상한 것보다 훨씬 커서 어디가 어딘지 잘 모르겠어요. 그래서 방을 나설 때마다 미아가 되지 않도록 정신을 바짝 차리고 있어요. 자세한 것은 이곳 환경에 어느 정도 익숙해지면, 그때 말씀드릴게요. 공부에 관해서도 그때 알려 드릴게요. 왜냐하면 수업이 월요일 아침부터 시작하거든요.

어제 아침에 고아원을 나서기 전에 저는 리펫 선생님과 매우 진지한 이야기를 나누었어요. 리펫 선생님께서는 제가 앞으로 어떻게 행동해야 되는지, 특히 제게 친절을 베풀어 주시는 분께 어떻게 행동해야 하는지에 관해 되풀이해서 말씀하셨어요.

저는 언제 어디서나 폐를 끼치지 않도록 노력하고 있어요. 하지만 '존 스미스'라는 평범한 이름 때문에 존경하는 마음이 잘 생기지 않아요. 좀 더 개성 있는 이름을 사용하셨으면 좋았을 텐데……. 차라리 '친애하는 말뚝님'이나, '친애하는 빨랫줄 받침 기둥님'이라고 부르는 것이 더 나을 것 같아요.

이번 여름 동안 제게 여러 가지로 신경 써 주신 것 정말 고맙습니다. 저를 생각해 주시는 분이 계셔서, 저는 마치 가족이 생긴 것처럼 기쁘답니다.

그런데 저는 마음속으로 평의원님을 상상하다가도 아는 것이 너무 없어서 그만두곤 해요 제가 평의원님에 관해 아는 것이라곤 겨우 세 가지뿐이거든요. 키가 무척 크시다는 것과 부자이시라는 것, 그리고 마지막으로 여자아이를 싫어하신다는 것뿐이죠.

저는 평의원님을 '여자아이를 싫어하시는 분'이라고 부를까도 생각해 보았지만, 그러면 저까지 포함된 것 같아서 별로 내키지 않았어요. '부자'는 어떨까요? 그것도 별로 맘에 들지 않아요. 마치 돈만 최고로 생각하는 사람 같아서요. 저는, 부자란 겉만 화려하고 으리으리한 사람들이라고 생각하거든요. 게다가 평의원님께서 평생을 부자로 사실 수 없을지도 모르고요. 하지만 평의원님께서 키가 크시다는 사실은 앞으로 수십 년이 지나도 변하지 않겠죠? 그래서 전 '키다리 아저씨'라고 부르기로 결정했어요. 기분 나쁘게 생각하지 마세요.

그리고 부탁드리는데요. 이건 우리끼리의 이야기니까, 리펫 선생님께는 비밀로 해 주셨으면 해요.

이제 2분만 지나면, 열시 종이 울릴 거예요. 무슨 종이냐고요? 취침 시간을 알리는 종소리예요. 사실 저희의 하루 일과는 종소리로 시작돼서 종소리로 끝나죠. 종소리를 따라 식사도 하고, 공부도 하고, 잠자리에 들기도 해요. 어머, 종이 울렸어요. 이제 불이 꺼질 거예요. 안녕히 주무세요.

제가 얼마나 규칙을 잘 지키는 아이인지 아시겠지요? 이건 모두 존 그리어 고아원에서 생활한 덕택이에요.

그럼, 안녕히 계세요.

제루샤 애벗

10월 1일

키다리 아저씨께

아저씨, 고맙습니다. 저를 대학에 보내 주신 아저씨께 정말 감사드려요. 대학 생활이 이렇게 멋진지 몰랐거든요. 하루하루가 정말 행복해서 잠까지 설칠 정도예요. 여기가 존 그리어 고아원과 얼마나 다른지 아저씨는 상상도 하지 못하실 거예요.

세상에 이런 곳이 있을 줄은 꿈에도 생각하지 못했어요. 여자가 아니라서 이 학교에 들어오지 못하는 사람들이 가엾다는 생각까지 들어요. 아저씨가 젊었을 때 다니시던 대학도 이렇게 멋지지는 않았을 거예요.

제 방은 탑 위에 있어요. 이 탑은 새로운 병동이 생기기 전에는 전염병 환자들을 위한 병동이었대요. 저 말고도 세 명이 더 이 탑에 있는데, 늘 "조용히 해 줘."라고 소리를 질러 대는 안경을 쓴 4학년 한 명과 샐리 맥브라이드와 줄리아 러틀리지 펜들턴이라는 1학년 두 명이 그들이에요. 샐리와 줄리아가 한방을 쓰고 4학년과 저는 독방을 쓰고 있죠. 샐리는 빨간 머리에, 코끝이 약간 올라간 들창코지만 아주 친절해요. 줄리아는 새침데기죠. 뉴욕의 훌륭한 집안 출신이어서 그런지 저에게는 알은척도 하지 않아요.

보통 1학년은 독방을 쓰지 못하는데, 어떻게 된 일인지 저는 독방을 쓰게 되었어요. 제가 생각하기엔, 기숙사 직원이 정상적인 교육을 받은 아이와 저 같은 고아를 한방에 두면 안 된다고 생각해서 그런 거 같아요. 고아라고 해서 다 나쁜 일만 주어지는 것은 아닌가 봐요.

제 방은 북서쪽 모퉁이에 있는데, 창문이 두 개이고 전망이 참 좋아요. 18년 동안 22명과 한방에서 생활하다가 혼자가 되니 정말 편안해요. 이제야 비로소 제 자신을 찾을 수 있게 되었답니다.

아저씨는 어떻게 지내세요?

화요일

요즈음 1학년 농구부원을 모집하고 있는데, 어쩌면 저도 선

수로 뽑힐지 모르겠어요. 제 키가 작긴 하지만 몸놀림이 빠르고 끈질기거든요. 다른 아이들이 뛰어오를 때, 저는 다리 사이를 헤치고 다니며 기회를 봐서 공을 빼앗는답니다. 농구는 정말 재미있는 운동이에요.

오후에 운동장으로 나가면, 모닥불 타는 냄새가 은은하게 풍기고 주위는 온통 붉게 물든답니다. 저희는 모닥불만큼이나 환하게 웃고 큰 소리로 이야기를 나누죠. 이때만큼은 모두들 아주 행복해 보인답니다. 그중에서도 제가 가장 행복해 하지요.

이제부터 공부에 관한 소식을 알려 드릴 생각이었는데 ― 리펫 선생님이 아저씨가 그것을 알고 싶어 하신다고 꼭 알려 드리라고 하셨거든요 ― 지금 7교시 종이 막 울려서 이만 줄여야겠어요. 10분 동안 체육복으로 갈아입고 운동장으로 나가야 되거든요.

제가 농구부에 들어가면 어떨까요? 좋을 것 같지 않으세요?

그럼 안녕히 계세요.

제루샤 애벗

추신(아홉 시)

조금 전에 샐리 맥브라이드가 제 방에 들어와서 이런 말을 했어요.

"제루샤, 난 심한 향수병에 걸린 것 같아. 너는 집이 그립지 않니?"

그래서 저는 살짝 미소를 지으며 이렇게 말했어요.

"아니. 전혀 그립지 않아."

저는 정말 전혀 그립지 않아요. 이 세상에 고아원을 그리워할 사람이 있을까요?

10월 10일

키다리 아저씨께

아저씨는 미켈란젤로를 아세요? 미켈란젤로는 중세 이탈리아의 유명한 예술가랍니다. 영문학을 공부하는 학생들은 모두 그에 관해 알고 있었죠. 저는 미켈란젤로가 대천사냐고 물어보았다가 아이들에게 놀림감이 되었어요.

대학 생활을 하면서 가장 어려운 점은, 다른 아이들은 당연히 알고 있는 것인데 고아원에서 자란 저 같은 아이는 한 번도 배운 적이 없어서 그런 것까지 모조리 공부해야 한다는 거예요. 가끔씩 무슨 말인지 몰라서 어리둥절할 때가 있거든요. 그래서 이제는 제가 모르는 이야기를 할 때에는 잠자코 있다가 나중에 사전을 찾아보곤 해요.

첫날에는 바보 같은 실수를 했지 뭐예요. 누군가가 마테를링크(벨기에의 시인, 극작가, 수필가이며, 희곡 '파랑새'의 작가)에 관해 이야기했는데, 저는 그 사람이 1학년이냐고 물었지 뭐예요. 순식간에 그 일이 전교에 퍼져서 이젠 저를 모르는 사람이 없을 정도예요. 그래도 저는 저희 반 학생들 중에서 누구보다도 공부를 잘할 수 있다고 제 자신을 믿고 있답니다.

키다리 아저씨, 제가 방을 어떻게 장식했는지 궁금하지 않으세요? 제 방에는 노란색과 거기에 어울리는 갈색이 많아요. 벽이 어두운 노란색이어서 거기에 맞춰 노란색 커튼과 쿠션을 마련했답니다. 그리고 마호가니로 만든 3달러짜리 중고품 의자와 등나무 의자, 잉크 얼룩이 있는 갈색 카펫을 사서 방에 깔았어요. 카펫의 얼룩은 의자를 놓아 보이지 않게 감추었고요.

이 카펫, 쿠션, 커튼은 모두 샐리 맥브라이드가 4학년들이 하는 경매에서 골라 주었는데, 샐리는 평범한 가정에서 생활해서인지 방을 어떻게 꾸며야 하는지 잘 알고 있어요. 지금까지 저는 기껏해야 2, 3센트 정도밖에 가져 보지 못했거든요. 그런데 오늘 저는 이 물건들을 사느라 5달러를 지불하고 잔돈을 받았어요. 이런 쇼핑이 얼마나 즐거운 일인지 아저씨는 상상도 하지 못하실 거예요. 다 아저씨 덕분이에요. 용돈을 받게 되어서 몹시 기뻐요. 정말 고맙습니다.

 샐리는 무척 재미있는 아이예요. 그런데 줄리아 러틀리지 펜들턴은 정말 마음에 안 들어요. 샐리는 무엇이든지 재미있어 해요. 어느 정도냐 하면 낙제 점수를 받고도 좋아하거든요. 하지만 샐리와 반대로 줄리아는 무엇이든 재미없어 해요. 다른 사람과 친해지기도 싫어하죠. 펜들턴 집안의 사람들은 살아 있는 동안 아무런 노력을 하지 않아도 쉽게 천국에 갈 수 있다고 생각하나 봐요. 아무래도 줄리아와 저는 마치 태어났을 때부터 적이었던 것 같아요.

 이제 아저씨가 기다리고 기다리시던 공부에 관해서 이야기해 드릴게요.

 1. 라틴 어: 제2차 포에니 전쟁. 한니발 장군과 그의 군대는 전날 밤 트라시메누스 호수(이탈리아 중부 아펜니노 산맥에 있는 오늘날의 트라시메노 호) 근처에 숨어 있다가, 다음 날 네 시에 전투를 시작했습니다. 이것으로 로마 군은 철수를 하게 되었습니다.

 2. 프랑스 어: '삼총사'(알렉상드르 뒤마가 루이 13세 시대를 배경으로 쓴 역사 소설) 24쪽을 배웠습니다.

 3. 기하학: 원통을 끝내고 요즈음은 원뿔을 공부하고 있습니다.

 4. 영어: 설명문을 공부합니다. 문장 실력이 점점 늘고 있답

니다.

5. 생리학(생물이 살아가는 데 필요한 활동이나 그 원리에 관해 연구하는 학문): 소화 기관에 관해 배우고 있고, 다음은 건강과 췌장에 관해 배울 예정입니다.

열심히 공부하는 제루샤 애벗

추신

아저씨가 술을 좋아하지 않는 분이길 바라요. 건강에 매우 안 좋거든요.

수요일

키다리 아저씨께

오늘 이름을 바꿨어요. 정식 이름은 제루샤이지만, 이제는 주디로 통해요. 아주 어렸을 적부터 프레디 퍼킨스가 그렇게 불렀거든요. 리펫 선생님은 아기 이름을 지을 때 좀 더 신중하게 생각하고 나서 지어야 한다고 생각해요. 솔직히 말하면 너무 성의 없게 지으시는 것 같아요. 제 이름을 보면 알 수 있죠.

제 성은 전화번호부 첫 페이지에 나오는 애벗에서 따온 거예요. 그리고 이름은 묘비에 적혀 있는 것을 따왔죠. 너무 맘에 안 들어요. 주디라는 이름이 훨씬 더 친근하고 좋아요. 이름만 들어도 애교스럽잖아요. 저는 저와 전혀 다른 생활을 하는 아이의 이름 같아서 좋아요. 푸른 눈에 모두에게 사랑받으며 아무 걱정 없이 자란 그런 아이 말이에요.

제가 그렇게 행복하게 자랐다면 얼마나 좋을까요? 하긴 그렇게 자란 것처럼 행동하는 것도 나쁘지는 않아요.

아무튼 이제부터 주디라고 불러 주세요. 당분간은 낯설겠지만 곧 익숙해지실 거예요.

저녁 식사 종이 울렸네요. 안녕히 계세요.

새로운 이름을 가진 주디 애벗

금요일

키다리 아저씨, 기쁜 일이 생겼어요. 영어 교수님이 제가 쓴 글을 보시고 남다른 독창성이 있다고 칭찬해 주셨거든요. 정말이에요.

18년 동안 고아원 교육을 받고 자란 제게 그런 재능이 있을 거라고는 생각하지 못했어요. 아저씨도 아시겠지만, 존 그리어 고아원에서는 고아 아흔일곱 명을 모두 쌍둥이처럼 만들어 버린다니까요. 제 그림 솜씨도 어렸을 때 헛간 문에 리펫 선생님에 관한 낙서를 하면서 생긴 것이랍니다. 지금까지 지냈던 고아원에 관해 험담을 한다고 저를 형편없는 아이로 생각하지는 마셨으면 좋겠어요. 하지만 아저씨는 제가 건방지다고 생각되면 언제든지 학비 보내는 것을 중단하실 수 있으니까, 험담은 하지 않는 것이 좋겠네요.

대학 생활을 하면서 정말 힘든 것이 뭔지 아세요? 공부하는 거라고 생각하시겠죠? 하지만 정말 힘든 것은 공부하는 것이 아니라 오히려 쉬는 것이랍니다. 저는 다른 아이들이 하는 이야기를 절반도 이해하지 못해요. 저만 빼고 다른 아이들은 모두 알고 있는 어떤 사건에 관한 이야기를 나눌 때면, 전 언제나 어디 아주 먼 다른 세상에서 살다 온 아이 같은 기분이 들어요.

그럴 땐 정말 비참해져요. 전에도 한번 그런 일이 있었어요. 고등학교를 다닐 때였는데, 반 친구들이 모두 저만 뚫어지게 쳐다보는 거예요. 제가 이상하고 촌스럽다는 것은 저도 잘 알고 있었어요. 하지만 전 그때 제 얼굴에 '존 그리어 고아원'이라고 씌어 있는 것 같아서 얼굴이 화끈거리는 걸 참을 수가 없었어요. 가끔은 저를 동정하는 아이들이 다가와 친절하게 이야기를 걸기도 했지만, 사실 그런 아이들이 더 싫었죠.

하지만 여기에서는 제가 고아원에서 자랐다는 사실을 아는 사람은 한 명도 없어요. 저는 샐리 맥브라이드에게도 부모님은 돌아가셨고, 친절한 노신사가 저를 학교에 보내 주셨다고 말했어요. 그게 사실이기도 하고요.

아저씨에게 비겁한 아이로 보이기는 싫지만, 다만 다른 아이들과 똑같아지고 싶은 마음에서 그랬을 뿐이에요. 평범한 아이들과는 달리 제게는 고아원에서 자랐다는 기억이 너무나 뿌리 깊게 상처로 자리 잡고 있거든요.

만약 그 우울한 기억만 잊을 수 있다면, 저도 다른 사람들처럼 모두가 좋아하는 여자아이가 될 수 있다고 생각해요. 그것 말고는 다른 아이들과 다른 점이 없다고 생각하니까요.

어쨌든 샐리 맥브라이드는 저를 좋아한답니다.

그럼 안녕히 계세요.

제루샤에서 이름을 바꾼 주디 애벗

추신(토요일 아침)

지금 편지를 다시 읽어 보니 너무 우울하네요. 하지만 월요일까지 제출해야 할 숙제도 있고, 기하학 공부도 해야 되고, 게다가 감기까지 걸려서 이번만은 고치지 못하고 그냥 보내야 할 것 같아요. 다음에는 꼭 밝은 내용을 써서 보낼게요.

일요일

 어제 편지를 부쳐야 했는데 깜빡했어요. 그래서 좀 화가 났던 이야기 한 가지를 덧붙일게요. 오늘 아침 주교님이 이런 강론을 했답니다.
 "성경이 우리에게 준 가장 은혜로운 약속은, '가난한 자는 항상 너희와 함께 있느니라(요한복음 12:8)'라는 말씀입니다. 가난한 사람이 이 땅에 있는 것은 우리에게 자비심을 갖게 하기 위한 배려입니다."
 가난뱅이는 이를테면 쓸모 있는 가축이라는 식이더군요.
 만약 제가 예전처럼 철이 없었다면 미사가 끝난 뒤 그분에게 달려가 항의했을 거예요.

10월 25일

 키다리 아저씨께
 전에 말씀드렸던 농구부에 들어가게 되었어요. 왼쪽 어깨에 훈장처럼 생긴 멍을 보여 드리고 싶어요. 푸른색과 갈색을 띤 이 멍에는 주황색 줄무늬도 있답니다. 줄리아 펜들턴은 농구부에 들어가지 못했어요. 만세! 이런 일로 이렇게 좋아하다니, 제가 한심해 보이시죠?

대학은 지내면 지낼수록 멋져요. 친구들도, 교수님도, 수업도, 교정도, 식사도 모두 마음에 들어요. 일주일에 두 번은 아이스크림이 나온답니다. 옥수수죽 같은 것은 아직까지 한 번도 나온 적이 없어요.

아저씨는 제게 한 달에 한 번 편지를 보내라고 하셨는데, 저는 사흘이 멀다 하고 편지를 쓰고 있으니 귀찮게 해 드리는 건 아닐까 하는 생각도 들어요. 하지만 이곳의 새로운 생활을 누군가에게 말하지 않고는 참을 수가 없어요. 게다가 제가 아는 사람은 아저씨밖에 없거든요.

제가 수다스럽게 말을 많이 하더라도 용서해 주세요. 이곳 생활에 익숙해지면 조금씩 나아질 거예요. 그래도 제 편지가 싫증이 나신다면 쓰레기통에 던져 버리세요.

참! 다음 편지는 11월 중순까지 보내지 못할 것 같아요.

그럼 이만 줄일게요.

수다쟁이 주디 애벗

11월 15일

키다리 아저씨께

제 옷에 관해 아저씨께 한 번도 말씀드린 적이 없지요? 전부 여섯 벌이에요. 모두 새것이고 아름다워요. 물론 저만 입어요. 언제나 남이 입었던 헌 옷만 물려받았던 고아에게 자신만의 새 옷이 생겼다는 것이 얼마나 기쁘고 신 나는 일인지 아저씨는 상상도 못 하실 거예요. 모두 아저씨가 주신 돈으로 산 거예요. 정말 정말 고맙습니다.

철없다고 말씀하실지도 모르겠지만 대학에 다닐 수 있게 된 것보다도 여섯 벌이나 되는 드레스를 가질 수 있다는 게 전 더 기뻤답니다. 드레스는 모두 프리처드 부인이 골라 주셨어요. 옷을 골라 주신 분이 리펫 선생님이 아니어서 얼마나 다행이었는지 몰라요.

옅은 분홍색 비단으로 만든 이브닝드레스를 입은 제 모습이 궁금하지 않으세요? 차 마시러 갈 때 입는 동양적인 빨간 드레스, 교회 갈 때 입는 드레스, 그 밖에 장밋빛 드레스와 외출용 회색 정장과 학교에 있을 때 입는 평상복도 있답니다. 줄리아 러틀리지 펜들턴에게는 이런 옷들이 아무것도 아닐지 모르지만, 제게는 그 무엇보다도 소중해요.

옷 이야기나 한다고 저를 한심하다고 생각하시겠죠? 아니면 여자아이를 교육시키는 것은 역시 소용없는 일이라고 생각하시나요? 하지만 아저씨도 태어나면서부터 줄곧 똑같은 바둑무늬 무명옷만 입고 계셨다면 제 기분을 이해하실 거예요. 게다가 고등학교 때는 그것보다 더 심했거든요.

마을의 잘사는 사람들이 고아원으로 보내 온 옷을 입고 학교에 가는 날은 정말 끔찍할 정도로 싫었어요. 그런 날은 꼭 그 옷의 주인 옆에 앉게 됐거든요. 그럴 때면 모두들 제 옷을 가리키며 깔깔대고 웃었죠. 앞으로 죽을 때까지 비단옷만 입고 산다고 해도 그때 받은 마음의 상처는 잊을 수가 없을 거예요.

11월 13일 제4교시 수업

전쟁 상황 속보

한니발 장군은 로마 군대가 지나간 길을 쫓아 카르타고 군대를 이끌고 알프스를 넘어 이탈리아로 침공해 들어갔습니다. 거기에서는 누미디아 인과 파비우스의 군대가 적은 병력으로 전쟁을 치르고 있었습니다.

갑자기 들이닥친 한니발 장군의 군대 때문에 로마 군은 엄청난 손해를 입고 물러날 수밖에 없었습니다.

아저씨를 존경하는 전쟁 특파원 J. 애벗

추신
아저씨에게서 답장을 받을 수 없다는 것은 알고 있지만, 부디 한 가지만은 가르쳐 주셨으면 해요. 아저씨는 나이가 굉장히 많은 분이신가요, 아니면 중년 신사분이신가요? 머리는 대머리이신가요, 아니면 약간 벗겨지기만 하셨나요?
아저씨를 기하학에서 정의를 내리듯이 생각하는 건 정말 어려운 일이에요.
여자아이를 싫어하는 돈이 많은 아저씨, 그렇지만 버릇없는 여자아이를 매우 너그럽게 대해 주시는 아저씨, 답장 부탁드립니다.

12월 19일

키다리 아저씨께
결국 답장을 받지 못했어요. 혹시 제가 장난으로 물어본 거라고 생각하셨나요? 매우 중요한 질문이었는데…….
아저씨의 모습을 제멋대로 상상해서 그림을 그려 보았어요.

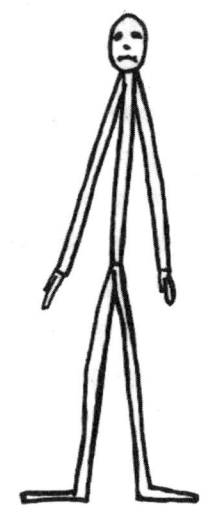
그림은 제 마음에 쏙 들 정도로 잘 그렸답니다. 그런데 머리 부분에 이르자 콱 막히는 거예요. 머리카락이 흰지 검은지, 아니면 흰 머리카락과 검은 머리카락이 섞여 있는지, 그것도 아니면 머리카락이 전혀 없는지 알 수가 없어서 어떻게 그려야 할지 결정을 내릴 수가 없었거든요.

이것이 아저씨의 초상화인데, 머리카락을 어떻게 그려 넣을까요? 혹시 대머리는 아니신가요? 제 생각으론 아저씨의 눈은 회색이고 눈썹은 튀어나와 있고, 입술은 곧은 직선으로 나가다가 양끝이 구부러진 모양일 것 같아요. 제 상상이 맞나요? 혹시 아저씨가 화를 잘 내시는 분은 아니겠죠?

오후 9시 45분

오늘부터 새로운 규칙을 정했어요. 다음 날 제출해야 할 숙제가 아무리 많아도 밤엔 결코 공부하지 않기로 결심했거든요. 그 대신 책을 많이 읽을 거예요. 아저씨도 아시겠지만, 전 18년 동안 읽은 책이 별로 없거든요. 작가는 누구보다도 책을 많이 읽어야 하잖아요.

자기 집에서 평범한 생활을 하는 소녀들이라면 다 알고 있는 책들을 전 전혀 읽어 본 적이 없어요. '머더 구스', '데이비드 코퍼필드', '아이반호', '신데렐라', '로빈슨 크루소', '제인 에어', '이상한 나라의 앨리스'도 처음 들어 봤고, '헨리 8세'가 여러 번 결혼했다는 것도, '셸리'라는 사람이 시인이었다는 것도, 인간이 옛날에는 원숭이였다는 것도, 에덴동산이 성경에 나오는 아름다운 동산이라는 것도 몰랐어요. 그리고 '셜록 홈스'라는 탐정 이름도 들어 본 적 없었고, '모나리자'라는 그림도 본 적이 없었어요.

그래서 밤에는 책만 읽기로 생각한 거예요. '공부 중'이라는 팻말을 방문에 걸어 놓은 다음 멋진 빨간색 목욕 가운을 입고 따뜻한 슬리퍼를 신은 채 푹신푹신한 쿠션에 기대어 책을 읽는 거예요. 그것도 한 권이 아니라, 적어도 한 번에 네 권씩 말이에요.

'작은 아씨들'을 모르는 사람은 학교에서 저뿐이었어요. 하지만 지난달 용돈에서 1달러 12센트를 주고 그 책을 사서 읽었기 때문에, 이제는 누가 소금에 절인 라임 이야기를 해도 그 말이 무슨 뜻인지 알게 되었어요.

열 시를 알리는 종이 울렸어요. 이 종은 저의 즐거운 시간을 방해하는 훼방꾼이에요.

토요일

기하학의 새로운 경지를 접하게 되었어요.
지난 금요일 직육면체에 관한 공부를 했고요. 이제 더욱 어려운 도형으로 넘어갑니다. 학문의 길은 너무나 멀고 험하네요.

일요일

크리스마스 방학이 다음 주부터 시작돼요. 그래서 복도에는 사람들이 겨우 지나다닐 수 있을 정도로 짐이 많이 쌓여 있어요. 텍사스 주에서 온 1학년생이 학교에 남겠다고 해서, 저는 그 친구와 함께 소풍도 가고 스케이트도 타면서 방학을 보낼 생각을 하고 있어요. 물론 책도 읽을 계획이고요. 3주일 동안 마음껏 즐겁게 보낼 거예요.
아저씨도 행복하게 지내세요. 안녕히 계세요.

추신

제 질문에 대답해 주시는 걸 잊으시면 안 돼요. 답장을 쓰시는 것이 귀찮으시면 비서를 통해 전보를 치세요. 그저 '스미스 씨는 대머리'라든가 '스미스 씨는 대머리가 아님'이라든가 '스미스 씨는 흰머리가 많음'이라고만 써 주시면 돼요. 전보 요금 25센트는 제 용돈에서 빼시고요.

1월까지 안녕히 계세요. 그리고 크리스마스 즐겁게 보내시길.

크리스마스 방학이 끝나 갈 즈음에

키다리 아저씨께

아저씨가 계신 곳에도 눈이 내리고 있나요? 제가 있는 곳은 흰 눈이 온 세상을 하얗게 뒤덮었어요.

아저씨께서 보내 주신 금화 다섯 닢은 정말 잘 받았어요. 이때까지 크리스마스 선물은 한 번도 받아 본 적이 없었기 때문에 깜짝 놀랐어요. 아저씨는 지금까지도 제게 부족한 것이 없도록 마음을 써 주셨는데, 이렇게 뜻밖의 선물까지 보내 주셔서 얼마나 기뻤는지 몰라요. 아저씨께서 보내 주신 돈으로 무엇을 샀는지 궁금하시죠?

우선 수업에 늦지 않기 위해 가죽 케이스에 든 은시계를 샀어요. 그리고 매슈 아널드(영국의 시인이자 비평가)의 시집과 탕파(안에 뜨거운 물을 넣어 몸을 따뜻하게 데우는 도구)를 샀어요. 또 무릎 덮개용 담요 — 제가 있는 탑은 춥거든요 — 와 작가가 되기 위해 노란색 원고지 500장을 샀어요. 그 밖에도 사전이랑 비단 양말 한 켤레를 샀어요.

제가 비단 양말을 사게 된 것은 보잘것없는 이유 때문이에요. 가끔 저녁때 줄리아가 제 방에 와서 침대용 의자에 누워 다리를 포개는데, 그때마다 늘 비단 양말을 신고 있는 거예요. 그래서 저도 방학이 끝나 줄리아가 돌아오면 비단 양말을 신고, 그녀의 침대용 의자에 누워 똑같이 다리를 포개고 비단 양말을 신었다는 것을 보여 주기로 마음먹었거든요.

제가 한심해 보이시죠? 사실 이러는 게 창피하긴 하지만 아저씨께는 솔직하게 말씀드려야 한다고 생각했어요. 아저씨는 저의 고아원 기록을 보셨을 테니, 제가 별로 착한 아이가 아니라는 것은 이미 알고 계실 거예요. 저는 이 일곱 가지 선물을 상자에 넣고 포장한 다음, 캘리포니아에 있는 저희 집에서 보내 준 것이라고 혼자 상상해 볼 거예요. 시계는 아버지가, 무릎 덮개는 어머니가, 탕파는 할머니가, 노란색 원고지는 동생 해리가 보내 준 것이라고요. 그리고 언니 이사벨이 양말을, 수잔 이모가 시집을, 키다리 삼촌이 사전을 보내 준 거예요. 생각만 해도 정말 신 나는 일이에요.

아저씨가 저의 가족 역할을 해 주시는 것, 기분 나쁘진 않으시죠?

이젠 크리스마스 방학 동안에 있었던 일을 전해 드릴게요.

텍사스에서 온 저와 같은 1학년인 리어노라 펜턴에 관한 이야기예요. 제루샤만큼이나 우스운 이름이죠? 샐리 맥브라이드만큼은 아니지만, 좋은 아이예요.

리어노라와 저는 학교에 남아 있던 2학년생 두 명과 함께 맑은 날이면 시골길을 산책하거나 학교 주변을 구경했죠. 짧은 치마와 스웨터를 입고, 운동모자를 쓰고, 번쩍번쩍 빛나는 지팡이를 들고 다녔어요.

한번은 6킬로미터나 떨어져 있는 마을까지 가서 대학생들이 자주 드나드는 레스토랑에 들어갔어요. 35센트 하는 구운 새우와 디저트로 15센트 하는 메밀 케이크를 먹었어요. 메밀 케이크에는 시럽이 끼얹어져 있었어요. 값도 싸고 영양가도 높은 음식이었어요.

정말 재미있었어요. 엄격한 고아원에서만 생활했던 저에게는 아주 신선했어요. 교문 밖을 나갈 때마다 저는 마치 형무소를 나서는 죄인처럼 가슴이 설레요. 어떤 새로운 경험을 하게 될지 몹시 궁금하거든요. 당장이라도 고아원에 관한 비밀이 들통 날 것 같아서 마음을 졸이기도 하지만요.

지난주 금요일에는 퍼거슨 기숙사의 사감 선생님이 기숙사에 남아 있는 학생들을 위해 파티를 열어 주셨어요. 1학년부터 4학년까지 모두 스물두 명이 모였죠. 저희는 직접 파티를 준비하기로 했어요. 요리사가 하얀 모자와 앞치마를 가지고 와서 저희 모두에게 나누어 주었어요. 그 덕분에 저희는 순식간에 일류 요리사가 되었지요.

하지만 저희는 몸은 물론 부엌과 문에 끈적끈적하게 밀가루만 발라 놓고는 제대로 만든 것이 하나도 없었어요. 그래도 저희는 모두 한 줄로 서서 앞치마를 두른 채 손에 포크와 프라이팬을 들고 교무실로 갔어요.

교무실에는 교수님 대여섯 분이 두런두런 이야기를 나누고 계셨어요. 저희는 교가를 부르며 교수님들께 저희가 만든 과자를 드렸지요.

아저씨, 어때요? 제 작문 실력이 상당히 발전했죠? 이제 이틀만 지나면 방학이 끝나요. 다시 친구들을 만난다고 생각하니 가슴이 설렌답니다.

벌써 열한 장이나 썼네요. 어쩌면 제 편지를 읽는 것에 질리셨을지도 모르겠어요. 짤막하게 인사말만 쓰려고 했던 것인데 한번 쓰기 시작하니까 펜이 멈출 생각을 않네요.

그럼 아저씨, 안녕히 계세요. 제게 신경을 써 주셔서 정말 고맙습니다. 2월에 있을 시험이 약간 마음에 걸리기는 하지만, 지금 저는 무척 행복해요.

애정을 담아서 주디 올림

시험 전날 밤

키다리 아저씨께

학교 안은 지금 공부 열풍이 불어 무척 뜨거워요. 저희는 크리스마스 방학이 있었다는 사실은 벌써 잊어버리고 열심히 공부하고 있답니다.

4일 동안에 어미가 특별한 변화를 하는 불규칙 동사 57개를 머릿속에 집어넣었어요. 시험 때까지 제발 잊어버리지 않았으면 좋겠어요.

오늘 밤 줄리아가 놀러 와서 한 시간이나 있다가 갔어요. 돌아갈 때까지 줄곧 가족 이야기만 하더군요. 그러더니 저에게 어머니의 젊었을 때 성이 뭐였냐고 물었어요. 고아원에서 자란 사람에게 이처럼 곤혹스러운 질문이 또 있을까요? 저는 비참한 기분으로 대강 몽고메리라고 대답해 주었어요. 그러자 줄리아는 매사추세츠의 몽고메리인지 버지니아의 몽고메리인지 묻는 것이 아니겠어요!

줄리아의 어머니는 러더포드 가문 출신이래요. 이 가문은 노아의 방주를 타고 건너왔고, 헨리 8세의 친척이라나요.

이런 식으로 나가면 줄리아 아버지의 조상은 아담보다 훨씬 더 옛날로 거슬러 올라가서 찾아야 할 것 같았어요. 줄리아의 선조는 틀림없이 비단처럼 예쁜 털이 나고 꼬리가 유난히 긴 원숭이였을 거예요.

오늘 밤에는 재미있는 편지를 쓰고 싶었는데 졸리네요. 게다가 시험도 걱정이 되고요. 아마 1학년들은 모두 시험 걱정을 하고 있을 거예요.

시험을 앞둔 주디 애벗

일요일

상냥한 키다리 아저씨께

정말 안 좋은 일이 있어요. 하지만 그것보다도 우선 좋은 소식부터 쓸게요.

제루샤 애벗이 드디어 작가가 되었어요. '나의 탑에서'라는 시가 교지 2월 호의 첫 페이지에 실리게 되었거든요. 매우 명예로운 일이에요. 어제 저녁에 성당에서 나오다가 국어 교수님을 만났는데, 교지에 실린 제 시를 보시고는 6행으로 구성된 것이 약간 어색하기는 하지만 멋진 작품이라고 말씀해 주셨어요. 아저씨도 읽고 싶으시다면 제가 보내 드릴게요.

그리고 또 재미있는 일이 있었어요.

스케이트 타는 방법을 배웠는데, 이제는 꽤 능숙하게 탈 수 있어요. 그리고 체육관 천장에서 밧줄을 잡고 내려올 수도 있고, 높이뛰기도 1미터 이상 뛸 수 있게 되었어요. 이제 조금만 더 연습하면 1미터 20센티미터는 뛰어넘을 수 있을 거예요.

오늘 아침에는 앨라배마에서 오신 주교님이 '남에게 꾸지람을 듣고 싶지 않다면 먼저 남을 꾸짖지 말라'라는 강론을 해 주셨어요. 정말 가슴에 남는 말이었어요. 남의 잘못을 너그럽게 용서해 주어야지 그것을 트집 잡아 괴롭히면 안 된다는 내용이었죠. 아저씨께도 들려 드리고 싶어요.

이제는 안 좋은 소식을 말씀드려야겠군요. 놀라지 마세요. 실은 수학과 라틴 어에서 낙제 점수를 받았어요. 아저씨가 실망하실 것을 생각하면 가슴이 아프지만, 전 괜찮아요. 대신 눈에 보이지는 않지만 제게 도움이 되는 공부를 많이 했거든요. 전부 열일곱 권의 소설과 많은 시를 읽었어요. '이상한 나라의 앨리스'라든가, '로마 제국 흥망사 제1권' 그리고 그 밖의 여러 가지를 말이에요.

라틴 어에만 매달리는 것보다 훨씬 더 많은 것을 배웠다고 믿어요.

앞으로 절대 낙제는 하지 않을 테니까, 한 번만 용서해 주세요.

진심으로 죄송스럽게 생각하는 주디

키다리 아저씨께

이것은 임시 편지예요. 오늘 밤은 쓸쓸하다는 생각이 들어요. 지금 제가 있는 탑에 눈보라가 심하게 몰아치고 있거든요.

학교 안은 모두 잠들어 고요했지만, 저는 낮에 마신 블랙커피 때문에 잠을 못 자고 있었어요. 그래서 샐리와 줄리아와 리어노라 펜턴을 초대해서 조촐하게 한턱냈죠. 기름에 절인 정어리와 머핀을 만들었어요. 줄리아는 즐거웠다고 말하고 그냥 돌아갔지만, 샐리는 남아서 설거지를 도와주었어요.

이런 밤에는 라틴 어 공부라도 하는 것이 좋을 텐데, 저는 정말 게으름뱅이인가 봐요.

아저씨, 잠깐 동안만 제 할머니가 되어 주시겠어요? 샐리에게는 할머니가 한 분 계시고 줄리아와 리어노라에게는 두 분이 계신데, 오늘 밤에 서로의 할머니에 관해서 이야기를 했어요. 저에게도 자랑할 만한 할머니가 있으면 좋겠다는 생각을 해 보았어요. 실은 어제 마을에서 연보라색 리본이 달린 레이스 모자를 봤는데, 그것을 여든세 번째 생신 선물로 할머니께 드리고 싶거든요.

성당의 시계가 열두 시를 치고 있어요. 조금씩 졸리기 시작하네요. 그럼 할머니도 안녕히 주무세요.

진심으로 당신을 사랑하는 주디

3월 보름날

D. L. L.(Daddy-Long-Legs)께

지금 라틴 어 글쓰기를 연습하는 중입니다. 여태껏 해 왔지만 앞으로도 할 것이고 미래에도 계속할 거예요. 다음 주에 재시험이 있는데 만약 불합격하면 끝장이에요. 그러므로 다음번 제 편지는 아주 예쁘고 행복한 것이거나 아니면 산산조각 난 파편이거나 둘 중에 하나가 되겠죠.

시험이 끝나면 다시 정중하게 편지 올릴게요.

3월 26일

D. L. L. 스미스 선생님께

선생님은 좀처럼 답장을 주지 않으시는군요.

제가 하는 일에 관심이 없으신가 봐요. 혹시 지긋지긋한 평의원님들 중에서도 가장 지긋지긋하신 분 아니세요? 그리고 저를 대학에 보내신 이유도 관심이 아니라 어떤 의무감 때문이 아닌지 묻고 싶네요.

저는 선생님에 관해 아무것도 모릅니다. 심지어 이름조차 모르니까요.

모르는 분께 편지를 쓰는 것은 정말 허탈한 일입니다. 아마 선생님은 제 편지를 읽지도 않고 쓰레기통에 던지실 거예요. 앞으로는 공부에 관해서만 쓸 거예요.

지난주 재시험에서 기하학과 라틴 어 모두 통과했어요.

J. A. 올림

4월 2일

키다리 아저씨께

편도선이 붓고, 저도 모르는 사이에 감기와 그 밖의 여러 가지 병에 걸려서 6일 동안이나 병원 신세를 지고 있는 중이에요.

저는 붕대를 감아 머리 위로 묶어 마치 토끼처럼 이상한 모습을 하고 있어요.

아저씨도 제가 가엾다고 생각하시겠지요? 양쪽 귀밑이 붓는 귀밑샘염에 걸려서 이렇게 고통스럽게 부어 있답니다. 그래서 조금 오랫동안 서 있으면 어지러워요.

4월 4일 병원에서

가장 사랑하는 아저씨께

어제저녁 어두워질 무렵이었어요. 침대에 일어나 앉아 휘몰아치는 비바람을 바라보며 이렇게 지내는 것에 싫증을 내고 있는데, 간호사가 가늘고 기다랗고 하얀 상자를 제게 가져다주었어요. 그 안에는 멋진 분홍색 장미가 가득 들어 있었죠.

그것보다 더 기뻤던 것은 한쪽 끝이 올라간 재미있는 글씨로 쓴 친절한 편지였어요. 아저씨, 정말 고맙습니다. 아저씨, 정말 고맙습니다.

아저씨가 보내 주신 꽃은 제가 이 세상에 태어나서 처음으로 받아 보는 선물이에요. 제가 얼마나 어린아이 같았는지 아세요? 저는 무척이나 기뻐서 침대에 엎드려 울음을 터뜨리고 말았어요.

이제 아저씨가 제 편지를 읽으신다는 것을 확실히 알았으니까, 앞으로는 아저씨가 금고에 보관해 두고 싶을 정도로 멋진 편지를 쓰겠어요.

심한 병 때문에 기분이 우울해져서 잠깐 비참한 생각에 빠져 있던 저를 다시 명랑한 저로 돌아오게 해 주셔서 정말 고맙습니다.

아저씨가 실제로 존재하는 분이시라는 걸 알았으니까, 이제 쓸데없는 질문은 하지 않을게요. 아저씨는 아직도 여자아이를 싫어하시나요? 이런, 또…….

언제나 변함없는 주디

월요일 8교시

사랑하는 키다리 아저씨께

설마 아저씨가 두꺼비 위에 앉았던 분은 아니시죠? 두꺼비가 빵 하고 터졌다던데 분명히 그분은 무척 뚱뚱한 분이셨겠죠.

혹시 존 그리어 고아원 세탁실 창가에 창살 뚜껑으로 덮여 있는 작은 구멍들이 있는 것을 아세요?

저희는 봄이 되면 두꺼비들을 잡아 그곳에 넣어 두곤 했는데, 가끔 두꺼비들이 거기서 튀어나와 세탁실을 뛰어다녔어요. 그러면 소동이 벌어졌지요.

그 때문에 벌을 받기도 했지만 저희 장난은 계속됐지요.

그런데 어느날, ― 아저씨도 아는 일이라 간단히 적을게요 ― 아주 살이 찐 두꺼비 한 마리가 평의원님들 방에 들어가 가죽 의자에 올라가 앉았죠. 그래서 그날 오후 이사회 때 그만 사고가 났잖아요. 기억하시죠?

갑자기 옛날 생각이 났어요.

봄이 되어 두꺼비가 나타나면 옛날의 수집 본능이 살아나곤 하지요.

목요일 성당에서 돌아와서

제가 좋아하는 책이 무엇인지 아세요? 사흘마다 바뀌기는 하지만, 지금은 '폭풍의 언덕'이에요.

에밀리 브론테가 그 소설을 썼던 시기는 젊은 시절이었고, 집 밖으로 나가지 않아서 남자에 관해 잘 몰랐을 텐데 어떻게 히스크리프('폭풍의 언덕'에 나오는 남자 주인공) 같은 주인공을 생각해 냈을까요?

그리고 저는 왜 아직까지 그런 소설을 쓰지 못했을까요? 저도 젊고, 존 그리어 고아원에서 한 발짝도 밖으로 나왔던 적이 없었으니까, 별로 다른 점도 없는데 말이에요. 만약 제가 훌륭한 작가가 되지 못하면 아저씨는 실망하시겠지요?

으악!

아저씨도 놀라셨죠? 저의 갑작스런 비명 소리에 샐리도, 줄리아도, 복도 끝에 있던 4학년 언니도 달려왔답니다. 여기 이 그림처럼 생긴 지네 때문이에요. 마지막 문장을 쓰고 다음은 무엇을 쓸지 생각하고 있는데, 갑자기 '툭' 하고 제 책상 위로 떨어진 거예요. 저는 너무 놀라 도망가다가 작은 탁자 위에 놓여 있던 컵 두 개를 떨어뜨렸어요. 그런데 샐리는 제 머리빗을 집어 들더니 손잡이 쪽으로 지네를 사정없이 내려치더라고요. 이제 그 빗은 사용하지 못할 거예요. 앞쪽 절반은 죽었지만, 뒤쪽 절반은 무사해서 지네가 무성한 쉰 개의 다리를 재빠르게 움직여 장롱 밑으로 도망쳐 버렸어요.

이 기숙사는 낡았고 벽에는 담쟁이덩굴이 가득 엉켜 있죠. 그래서 지네가 엄청 많아요. 정말 기분 나쁜 벌레예요. 차라리 침대 밑에서 호랑이가 나오는 게 더 나을 정도예요.

안녕히 계세요.

주디 올림

금요일 오후 9시 반

오늘은 정말 운이 나쁜 날이에요. 아침에는 늦게 일어나는 바람에 허둥지둥 옷을 입느라 단추를 떨어뜨렸고요. 식사 시간과 첫 수업 시간에도 지각을 했어요. 기하 시간에는 삼각 함수 문제로 교수님과 의견 충돌이 있었는데 나중에 알고 보니 교수님 말씀이 맞더군요.

점심에는 양고기 스튜와 파이 플랜트가 나왔어요. 이 음식들에는 고아원 냄새가 스며 있기 때문에 참 싫어하는 데 말이에요.

제게 오는 우편물은 청구서뿐이에요(제 가족 중에 편지를 쓰는 사람은 존재하지 않으니까 저한테 올 편지는 당연히 없지요).

오후의 영어 시간에는 감상문 쓰기를 했어요.

난 다른 것은 아무것도 요구하지 않았고,
다른 것은 아무것도 거절당하지 않았다.
그 대가로 생명을 바치니
그 위대한 상인이 미소를 짓는다.

브라질이라고? 그는 내 쪽을 보지도 않고,
단추를 만지작거렸다.
그러나 마님, 우리가 보여 줄 수 있는 건
아무것도 없단 말인가요?

이것이 시랍니다. 작가도 알 수 없고 무슨 뜻인지 전혀 모르겠더군요.

교실 칠판에 적혀 있었는데 이 시의 감상문을 쓰라는 거예요.

저는 첫째 연을 이렇게 해석했어요. 위대한 상인은 덕행에 관해 축복을 베풀어 주시는 신을 상징한다. 둘째 연에서 그가 단추를 만지작거린다고 하니 이것은 신을 모독하는 행위가 될 것이므로 저는 급히 생각을 바꿨죠. 다른 학생들도 무척 힘들어 하더군요. 모두 다 45분간 빈 종이만 내려다보며 앉아 있었어요.

그뿐이 아니었어요. 비가 와서 골프를 칠 수 없게 되자 저희는 체육관으로 들어갔답니다. 거기서 체조 운동을 하는데 제 옆에 있던 친구가 곤봉으로 계속 제 팔꿈치를 치는 거예요.

기숙사로 돌아오니 봄옷 상자가 도착해 있었어요. 꺼내 입어 보니 스커트 폭이 너무 좁아서 터져 버릴 것 같았어요. 게다가 금요일은 청소하는 날이라 청소부가 내 책상 위의 종이들을 엉망으로 어질러 놓았고요.

저녁 식사 후 예배 시간에는 설교 듣기가 너무 지겨웠답니다. 그런 뒤에 안도의 한숨을 내쉬고 책을 한 권 읽으려는데, 애컬리라는 계집애가 들어왔어요. 월요일 라틴 어 수업 내용을 묻더니 무려 한 시간이나 죽치고 조금 전에야 나가지 뭐예요. 그 애 이름이 A로 시작하기 때문에 라틴 어 시간에 제 옆에 앉거든요(차라리 제 이름이 Z로 시작되는 자브리스키였으면 좋았을 것을).

아저씨 이렇게 운 나쁜 일들이 연속으로 일어날 수도 있나요?

그렇지만 저는 이런 사소한 사고들에 웃음으로 맞서고 싶어요. 쾌활한 성격이 필요하겠죠. 앞으론 결코 불평 같은 건 하지 않을 거예요.

아저씨의 영원한 벗 주디 올림(빨리 답장 주세요.)

5월 27일

키다리 아저씨께

리펫 원장 선생님께 편지가 왔어요. 선생님은 예의 바르고 성적이 좋은 학생이 되라고 쓰셨더군요. 그리고 이번 여름에는 제가 갈 곳이 없을 테니까, 고아원으로 돌아와서 개강할 때까지 일을 도와 달라고 하셨어요.

저는 존 그리어 고아원이 정말 싫어요. 그곳으로 돌아갈 바에야 차라리 죽는 게 나아요. 안녕히 계세요.

제루샤 애벗

키다리 아저씨께

정말 상냥하고 고마운 아저씨, 농장으로 초대해 주셔서 정말 고맙습니다. 얼마나 기쁜지 몰라요. 지금까지 한 번도 농장에 가 본 적이 없거든요. 존 그리어 고아원으로 돌아가 여름 내내 접시를 닦으며 보내는 일은 상상도 하기 싫었어요. 만약 그렇게 된다면 정말 끔찍할 거예요. 왜냐하면 전처럼 주의 깊게 행동할 수 없을 테니까요. 어쩌면 고아원의 컵이나 접시를 모두 다 깨뜨려 버릴지도 모르죠.

편지가 너무 짧아 죄송해요. 제 생활에 관해 말씀드리고 싶지만 다음에 알려 드릴게요. 사실 지금은 프랑스 어 수업 중이거든요. 아무래도 교수님이 저를 부르실 것 같아요. 들리세요? 지금 제 이름을 지금 부르셨어요. 그럼, 이만 줄일게요.

아저씨를 진심으로 사랑하는 주디

5월 30일

키다리 아저씨께

아저씨는 저희 학교를 보신 적이 있나요? 5월이 되면 아름답게 변해 마치 천국에 온 것 같아요.

나무는 꽃과 푸른 잎으로 가득하고, 푸른 잔디에는 노란색 민들레가 오밀조밀 피어 있어요. 그리고 하늘색, 분홍색, 흰색 드레스를 입은 소녀들이 여기저기 거니는 모습은 보기만 해도 생기발랄하고 아름다워요. 곧 다가올 방학에 대한 설렘으로 시험 따위는 그리 큰 걱정거리가 되지 않아요.

이렇게 한가롭고 행복한 곳이 또 있을까요? 그곳에서도 가장 행복한 사람은 바로 저일 거예요.

이제 더는 고아원 일을 하지 않아도 돼요. 누군가를 재우는 일도, 타자를 치는 일도, 장부를 기록하는 일도 하지 않아요. 아저씨가 제 글을 읽지 않으셨다면 지금도 이 가운데 한 가지 일을 하고 있었겠지요.

사실 오늘은 학교에 관한 이야기를 할 생각이었는데……, 아저씨가 이곳에 오시면 제가 안내해 드리면서 "저것은 도서관이고, 이것은 가스 시설이에요. 오른쪽에 있는 고딕 양식의 건물이 체육관이고요."라고 설명할 수 있을 거예요.

저는 안내를 무척 잘해요. 고아원에 있을 때도 자주 했었고, 여기에서도 오늘은 하루 종일 안내만 했어요. 정말이에요. 그것도 남자분을 말이에요.

저는 남자와 이야기해 본 적이 한 번도 없었어요. 가끔씩 평의원님들과 이야기를 해 본 적은 있지만, 그것과는 다르겠죠?

죄송해요, 아저씨.

아저씨는 어쩌다가 평의원님이 되셨나요? 저는 평의원님들을 동정심이 많기는 하지만 풍뎅이처럼 뚱뚱하고 잘난 척하는 분들이라 생각했거든요. 손목에 있는 금줄 달린 시계를 자랑하며 고아들의 머리를 쓰다듬어 주는 분들 말이에요. 오해하지는 마세요. 이건 아저씨에 관한 이야기가 아니고 다른 평의원님을 예로 들어 말씀드린 거니까요.

어쨌든 하던 이야기를 계속할게요. 저는 그 남자분과 함께 걷기도 하고 이야기를 나누며 차도 마셨어요. 그분은 줄리아의 삼촌인 저비스 펜들턴이라는 분이신데, 아저씨처럼 키가 크고 멋진 분이세요.

이곳에 볼일이 있어서 왔다가 조카 생각이 나서 대학에 들르셨다고 말씀하셨어요. 줄리아는 어렸을 적에 봤고 줄리아와 아주 절친한 사이는 아니라고 하셨어요.

그분은 응접실에서 모자와 장갑을 벗고 지팡이를 세워 둔 채 말쑥한 모습으로 앉아 계셨는데, 마침 줄리아와 샐리는 7교시 수업을 듣고 있었죠. 그래서 그분은 제게 그동안 교정을 안내해 달라고 부탁하셨어요.

어쩐지 펜들턴 가문의 사람들에게는 관심이 쏠리지 않아서 별로 마음에는 내키지 않았어요. 그런데 그분은 매우 상냥했어요. 전혀 펜들턴 가문의 사람 같지 않고 아주 평범한 사람 같았어요. 저도 저비스 펜들턴 씨 같은 삼촌이 있었으면 하는 생각이 들었어요. 아저씨, 제 삼촌이 되어 주시지 않겠어요?

펜들턴 씨는 20년 전의 아저씨를 떠올리게 해요. 아직 한 번도 만나 뵌 적은 없지만 저는 아저씨에 관해 잘 알고 있거든요. 펜들턴 씨는 키가 크고 마른 몸집에 얼굴이 가무잡잡해요. 입술 양 끝을 추어올리며 부드럽게 미소를 지으면 마치 오래전부터 알고 지낸 사람처럼 부드러운 느낌을 주는 분이었어요.

저희는 앞마당에서 운동장까지 빠짐없이 돌아다녔어요. 그러고 나서 식당으로 갔죠. 저희 두 사람만 발코니의 탁자에 앉아 홍차, 머핀, 마멀레이드(오렌지, 귤 등의 껍질로 만든 잼), 아이스크림, 과자를 먹었어요. 마침 모두 용돈이 궁한 월말이어서 식당에는 사람이 거의 없었어요.

저희는 무척 즐거운 시간을 보냈어요. 펜들턴 씨는 기차 시간 때문에 여유가 없다며, 결국 줄리아를 만나지 못하고 가셨어요. 그런데 줄리아는 제가 자기 삼촌을 가로챘다며 화를 내더군요. 그분은 부자인 데다 아주 멋진 분이었거든요. 저는 펜들턴 씨가 부자라는 것을 알고서야 조금 마음을 놓을 수 있었어요. 왜냐하면 펜들턴 씨가 지불한 홍차 값이 한 잔에 60센트나 했거든요.

그리고 오늘 아침에는 초콜릿 세 상자가 줄리아와 샐리 그리고 제 앞으로 배달되었어요. 남자에게 초콜릿 선물을 받는 것을 아저씨는 어떻게 생각하세요? 선물을 받는 순간 저는 고아라는 사실을 잊고, 평범한 가정에서 자란 아가씨가 되었답니다.

아저씨도 시간이 되시면 저희 학교에 오셔서 차를 한 잔 사 주시고 제가 좋아할 수 있는 분인지 아닌지, 평가할 수 있는 기회를 주셨으면 좋겠어요. 그런데 만약 제가 좋아할 수 없는 분이라면 어떡하지요? 아니에요, 틀림없이 좋아하게 될 거예요.

그럼 예의를 갖춰서,

"아저씨에 대한 고마운 마음은 절대로 잊지 않겠습니다."

주디

추신

오늘 아침에 거울을 보았더니 보조개가 새로 생겼어요. 도대체 어디에 숨어 있다가 나타난 것일까요?

6월 9일

키다리 아저씨께

오늘은 기쁜 날이에요. 지금 막 마지막 시험인 생리학 시험이 끝났거든요. 그리고 3개월 동안의 농장 생활이 시작되는 날이기도 하고요.

저는 지금까지 한 번도 농장에 가 본 적이 없어서 농장이 어떤 곳인지 전혀 상상할 수가 없어요. 틀림없이 제 마음에 드는 곳일 거예요. 그리고 제가 지내 온 그 어느 곳보다도 자유로운 곳일 거예요.

저는 아직도 제가 존 그리어 고아원에서 나왔다는 것이 실감이 나지 않아요. 가끔 리펫 선생님이 저를 데리러 오는 것은 아닌가 하는 생각이 들어 뒤를 돌아보기도 하거든요.

아무튼 올 여름은 누구에게도 걱정을 끼치지 않고 지낼 수 있을 것 같아요. 저는 완전한 어른이 되었답니다. 정말 신 나는 일이에요.

이제 짐을 꾸릴 거예요. 상자 세 개에다 주전자와 접시와 쿠션과 책을 가득 채워야겠어요.

안녕히 계세요.

주디

추신

생리학 시험 문제를 함께 넣어 보내요. 아저씨라면 만점 받을 수 있으실까요?

토요일 밤 록윌로 농장에서

제가 가장 좋아하는 키다리 아저씨!

지금 막 도착했어요. 농장이 얼마나 마음에 드는지 빨리 알려 드리고 싶어서 짐도 풀지 않고 이렇게 편지를 쓰는 거예요. 여기는 천국처럼 멋진 곳이에요.

집은 그림처럼 사각형으로 생긴 오래된 건물이에요. 100년도 더 된 것 같아요. 집의 양쪽에는 베란다가 있는데 제대로 그릴 수가 없어요. 깃털 빗자루같이 생긴 것은 단풍나무예요. 현관으로 가는 길가에 있는 가시가 많은 것은 소나무와 솔송나무랍니다. 이 집은 언덕 위에 있어서 몇 킬로미터에 걸쳐 넓게 펼쳐져 있는 목장을 넘어 언덕 몇 개가 이어져 있는 곳까지 보여요. 코네티컷 주는 파도가 넘실거리는 듯한 지형인데, 록윌로 농장은 그 파도의 꼭대기에 위치하고 있어요.

이 농장에는 셈플 씨 부부와 가정부, 그리고 일꾼 두 명이 살아요. 가정부와 일꾼들은 부엌에서 식사를 하고, 셈플 씨 부부와 저는 식당에서 식사를 하죠. 저녁 식사로는 햄과 달걀, 비스킷, 젤리 케이크, 파이, 피클, 치즈, 홍차가 나왔어요. 셈플 씨 부부와 저는 여러 가지 이야기를 나누며 식사를 했어요. 저는 여태껏 제가 다른 사람들을 즐겁게 해 줄 수도 있다는 것을 전혀 몰랐어요. 그런데 그분들은 제가 무슨 말만 하면 웃으시더라고요. 하긴 지금까지 한 번도 농촌에 와 본 적이 없으니까, 제가 묻는 말들이 모두 황당하게 들리는 것일지도 모르겠어요.

그림에서 × 표시를 한 곳은 살인 사건이 일어난 현장이 아니라 제가 묵고 있는 방이에요. 넓고 네모난 방이지요. 방 안에는 낡았지만 그래도 멋지게 생긴 가구, 나무 막대로 밀어서 여는 창문, 해를 가리려고 설치한 녹색 차양이 있는데, 이 차양에는 오래되어서 녹슨 철사 장식이 달려 있어요. 또 커다란 마호가니 책상이 있는데, 저는 이 책상에서 여름방학 내내 소설을 쓸 생각이에요.

아저씨, 가슴이 왜 이렇게 설레죠? 여기저기 보고 싶은 곳이 너무 많아서 날이 샐 때까지 기다릴 수가 없을 정도예요. 지금은 오후 8시 30분이지만, 저는 촛불을 끄고 잠을 자려고 해요. 이곳 사람들은 모두 다섯 시면 일어나거든요.

이렇게 즐거운 곳이 또 있을까요? 제가 정말 주디인지조차 잊어버린답니다. 아저씨와 하느님이 제게 분에 넘치는 선물을 주셨어요. 그 은혜에 보답하기 위해서라도 정말로, 정말로 멋진 사람이 되어야겠어요. 저는 틀림없이 그렇게 될 거예요. 지켜봐 주세요.

안녕히 주무세요.

주디

추신

개구리 노랫소리와 새끼 돼지 울음소리를 들려 드리고 싶어요. 초승달도 보여 드리고 싶고요. 저는 오른쪽 어깨 너머로 초승달을 보았답니다. 오른쪽 어깨 너머로 초승달을 보며 소원을 빌면 그 소원이 이루어진대요.

7월 12일

키다리 아저씨께

아저씨의 비서가 어떻게 록윌로 농장을 알고 있지요?

정말 궁금해요. 제가 이런 질문을 하는 데는 다 이유가 있답니다. 이 농장은 아주 오래전에 저비스 펜들턴 씨의 소유였는데, 펜들턴 씨가 그분의 유모였던 셈플 부인에게 선물한 것이래요. 정말 재미있는 우연의 일치죠?

셈플 부인은 지금도 펜들턴 씨를 '저비스 도련님'이라고 부르며, 얼마나 귀여운 소년이었는지를 이야기하곤 해요. 그리고 지금도 어린 시절 그분의 머리카락을 상자에 보관하고 계세요. 붉은색이 감도는 머리카락이에요.

제가 펜들턴 씨를 알고 있다고 하자, 부인은 무척 좋아하시면서 저를 확실하게 믿어 주셨어요. 펜들턴가를 알고 있다는 것은 록월로에서는 가장 좋은 소개장이에요. 더구나 저비스 도련님은 펜들턴가에서 가장 멋진 분이라네요. 줄리아네 집보다 훨씬 더 훌륭한 집안이라는 말을 듣고 얼마나 기뻤는지 아저씨는 모르실 거예요.

농장 생활은 갈수록 즐거워요. 어제는 건초를 실은 마차를 타 보았어요.

이 농장에는 커다란 돼지가 세 마리, 새끼 돼지가 아홉 마리 있어요. 아저씨께 돼지가 음식을 먹는 모습을 보여 드리고 싶어요. 작은 병아리와 오리, 칠면조, 꿩도 보여 드리고 싶네요. 저는 아저씨가 이렇게 훌륭한 농장에서도 얼마든지 지낼 수 있으실 텐데, 굳이 도시에서 생활하시는 이유를 모르겠어요.

제가 농장에서 맡은 일은 달걀을 모으는 거예요. 어제는 검은 암탉이 있는 둥지로 올라가려다가 창고 다락에서 떨어져 무릎을 다쳤어요. 그러자 셈플 부인이 조롱나무 즙을 바르고 붕대를 감아 주시면서 "세상에, 저비스 도련님도 거기서 떨어져서 무릎을 다치셨는데."라고 말씀하셨어요.

저희는 일주일에 두 번, 크림으로 버터를 만들어요. 크림은 냉장창고에 넣어 두는데, 그 밑으로 차가운 시냇물이 흐르죠. 그곳에는 송아지가 여섯 마리 있어요. 그래서 저는 그 소들에게 하나하나 이름을 붙여 주었어요.

첫째는 숲이라는 뜻의 실비아, 숲 속에서 태어났거든요.

둘째는 레스비아, 카툴루스의 시에서 나오는 레스비아의 이름을 따서 지었어요. 셋째는 샐리, 넷째는 줄리아라고 지었어요. 줄리아는 아무 특징이 없는 얼룩무늬가 있는 송아지랍니다. 다섯째는 제 이름을 따서 주디라고 지었어요. 그리고 마지막으로 키다리 아저씨. 아저씨, 기분 나쁘지 않죠? 이 송아지는 체중이 40킬로밖에 되지 않는 순수 저지종인데, 아주 귀여워요. 아 참, 농장 일이 너무 바빠서 아직 소설 쓰는 일은 시작하지 못했어요.

언제나 아저씨 곁에 있는 주디

추신 하나

도넛 만드는 방법을 배웠어요.

추신 둘
아저씨께서 병아리를 기르고 싶으시다면 버프오핑턴종을 추천할게요. 솜털이 별로 없거든요.

추신 셋
어제 만든 버터를 아저씨께 보내 드리고 싶어요. 저는 버터를 아주 잘 만들거든요.

추신 넷
이건 미래의 대작가 제루샤 애벗 여사가 소를 몰면서 집으로 돌아가는 그림이에요.

일요일

 정말 이상한 일이에요. 어제 오후 저는 아저씨께 편지를 쓰기 시작했는데 '키다리 아저씨께'라고 쓴 순간, 저녁 식사 때 먹을 검은 딸기를 따 오기로 했던 것이 생각나서, 책상 위에 편지지를 펼쳐 놓은 채 밖으로 나갔어요. 그런데 오늘 편지를 쓰려고 보니 편지지 한가운데에 진짜 다리가 긴 거미가 있는 거예요. 너무 이상하지 않아요? 조심스럽게 다리 하나를 붙잡아 창밖으로 놓아주었어요. 아무리 징그럽더라도 죽일 수는 없었어요. 긴 다리가 아저씨를 생각나게 했거든요.

 저는 오늘 아침에 셈플 부부와 함께 마차를 타고 마을을 지나 교회에 갔어요. 교회는 아담한 흰색 건물이었는데, 정면에 도리아식 둥근 기둥이 세 개 서 있었어요. 아니, 어쩌면 이오니아식인지도 몰라요. 에고, 늘 이렇다니까요.

 나른하고 졸음이 쏟아질 것 같은 목사님의 설교에 모두들 끄덕끄덕 졸기도 하고 야자수 잎으로 부채질을 하기도 했어요.

 일꾼 애머사이는 보라색 넥타이에 화려한 노란색 장갑을 끼고, 깨끗이 면도를 한 다음 가정부 캐리를 마차에 태우고 외출했어요. 캐리는 얇고 부드러운 파란색 모슬린 드레스를 입고, 머리를 틀어 올리고, 장미꽃으로 장식한 커다란 모자를 쓰고 있었죠. 애머사이는 아침 내내 마차를 손질했고, 캐리는 저녁 식사를 준비해야 된다며 교회에 가지 않았는데, 사실은 드레스를 다리기 위해서였어요.

이제 2분 뒤면 이 편지를 마무리하고 다락방에서 책을 읽을 거예요. '추적'이라는 책인데, 첫 장에 어린아이의 우스꽝스러운 글씨로 이렇게 씌어 있었어요.

만약 이 책이 미아가 되면, 한 차례 때려 준 뒤에 집으로 돌려보낼 것

— 저비스 펜들턴

펜들턴 씨는 열한 살 때 요양을 하기 위해 이곳에서 여름을 보냈대요. 아마도 집으로 돌아갈 때 이 책을 놓고 간 모양이에요. 꽤 열심히 읽었는지 여기저기가 더럽혀져 있었고, 손때도 많이 묻어 있었어요.

다락방에는 아직도 물레방아와 풍차와 화살 대여섯 개가 남아 있어요. 셈플 부인이 하도 저비스 도련님 이야기를 해서 저는 아직도 그분이 이곳에 있는 것 같아요. 실크햇을 쓰고 지팡이를 든 어른 펜들턴 씨가 아니라, 요란하게 계단을 오르내리고 창문을 활짝 열어 놓은 채 과자를 달라고 조르는 머리가 텁수룩

한 소년으로 말이에요. 아마 모험을 좋아하고 용감하며 정직한 소년이었을 거예요.

하지만 저비스 펜들턴 씨가 펜들턴가의 사람이라는 것은 너무너무 마음에 들지 않아요. 만약 그 가문이 아니었다면 훨씬 더 훌륭한 인물이 될 수 있지 않았을까 생각하거든요.

이건 알려 드리기 쑥스러운 이야기지만, 레스비아의 엄마인 버터컵이 창피한 일을 저질렀답니다. 금요일 저녁에 과수원에 들어가 나무에 매달려 있는 사과를 따 먹었는데, 너무 많이 먹어서 이틀 동안이나 체해 있었어요. 아저씨는 이렇게 창피한 이야기를 들어 보신 적이 있나요?

안녕히 계세요.

아저씨의 따뜻한 사랑을 받고 있는 고아 주디 애벗

추신

'추적' 제1장에서는 인디언이, 제2장에서는 강도가 나와요. 제3장에는 무엇이 나올까요?

"붉은 매는 6미터 상공으로 날아 올라가는가 싶더니 땅 위로 떨어졌다."

이건 삽화에 관한 설명이에요. 주디와 저비스는 지금 매우 즐거워요.

9월 15일

아저씨, 어제 코머스에 나갔을 때, 잡화점에서 밀가루 무게를 재는 저울로 제 몸무게를 재 보았는데, 4킬로그램이나 늘어난 거 있죠. 아저씨께 록윌로를 휴양지로 강력하게 권해 드려요.

늘 변함없는 주디

2학년이 되어서

9월 25일

키다리 아저씨께

아저씨, 이제 저는 2학년이 되었어요. 지난주 금요일에는 대학으로 돌아왔고요. 록윌로를 떠나는 것은 마음 아팠지만, 아름다운 교정을 다시 본다고 생각하니 마음이 설레었어요. 저는 이제 대학이 집처럼 편안하게 느껴진답니다. 이제 편한 마음으로 세상을 살아갈 수 있을 것 같아요. 동정 속에서 눈치를 보고 사는 것이 아니라, 당당한 동료이자 친구로서 말이에요.

아저씨는 지금 제가 무슨 말을 하는지 이해하지 못하실 거예요. 평의원처럼 신분이 높으면 보잘것없는 고아의 기분을 이해하기는 힘들 테니까요.

그런데 아저씨, 제 말 좀 들어 보세요. 제가 누구하고 방을 함께 쓰게 되었는지 아세요? 샐리 맥브라이드와 줄리아 펜들턴이에요.

저희는 공부방 하나와 침실 세 개를 사용하게 되었어요.

올봄에 샐리와 저는 한방을 쓰기로 했어요. 그런데 줄리아가 샐리와 계속 같이 있겠다는 거예요. 도대체 왜 그러는지 이유를 모르겠어요. 두 사람은 전혀 닮은 데가 없거든요. 펜들턴가의 사람들은 보수적이고, 변화를 싫어한다는데 정말 이해할 수가 없어요.

어쨌든 결국 저희 세 사람은 한방을 쓰게 되었어요. 존 그리어 고아원에서 온 제루샤 애벗이 펜들턴가의 사람과 한방을 쓰다니, 확실히 이곳은 민주적인 곳이에요.

샐리는 학과를 대표하는 과 대표 후보로 나섰어요. 별일이 없는 한 당선이 될 것 같아요. 선거는 이번 토요일에 있는데, 그날 밤에는 누가 과 대표가 되든 관계없이 횃불 행진을 할 거예요.

저는 화학을 신청했어요. 매우 특이하고 재미있는 공부라고 생각하거든요. 그리고 사물을 정확하게 인식하도록 사고방식을 연구하는 학문인 논리학도 신청했어요. 세계사하고 셰익스피어의 연극과 프랑스 어도 신청했고요.

이런 식으로 몇 년 지나면 저도 꽤 똑똑해지겠죠? 사실 프랑스 어보다는 경제학을 수강하고 싶었지만, 마음대로 되지 않았어요. 왜냐하면 앞으로 1년 더 프랑스 어를 하지 않으면, 프랑스 어 교수님이 학점을 주지 않을 것 같았거든요. 6월 시험을 간신히 통과했으니까요.

저희 반에 프랑스 어를 잘하는 학생이 한 명 있는데, 그 아이는 어렸을 때 부모님과 함께 프랑스로 가서 3년 동안 수도원에서 운영하는 학교를 다녔대요. 그러니 다른 학생들과 비교할 때 얼마나 잘할지 짐작이 가시죠? 불규칙 동사 같은 것은 장난감 다루듯 해요. 제 부모님도 저를 고아원 같은 곳에 버리지 말고 프랑스 수도원에 넣어 주셨더라면 얼마나 좋았을까요? 아니, 아녜요. 그건 안 되겠어요. 만약 그랬다면 아저씨를 만날 수 없었을 테니까요. 저는 프랑스 어보다 아저씨를 만날 수 있게 된 것이 더 좋아요.

안녕히 주무세요. 저는 이제 해리엇 마틴을 찾아가서 화학과 과 대표에 관해서 이야기할 거예요.

정치 운동에 열심인 주디 애벗

10월 17일

키다리 아저씨께

만약 체육관의 수영장이 레몬 향 젤리로 가득 차 있다면, 수영을 하는 사람이 뜰까요, 가라앉을까요?

저희는 식사를 마친 뒤에 레몬 젤리를 먹으면서 이것에 관해 30분 동안 이야기했지만, 아직 어떠한 결론도 내리지 못했어요.

샐리는 수영할 수 있다고 했지만, 저는 아무리 수영을 잘하는 사람이라도 금방 가라앉을 것 같았어요. 레몬 젤리 속으로 빠진다니 상상만 해도 재미있어요.

그것 말고도 두 가지를 더 이야기했는데, 하나는 팔각형 집 안에 있는 방은 어떻게 생겼을까였어요. 사각형이라고 말한 사람도 있었지만, 저는 파이 조각처럼 가늘고 길게 생겼을 것 같다고 생각했어요. 아저씨는 어떻게 생각하세요?

또 하나는 만약 거울로 만든 텅 빈 구슬이 있는데 사람이 그 안에 있을 경우, 어디에 있어야 얼굴이 비치지 않고 등이 비치게 될까 하는 문제였어요. 하지만 이건 생각하면 할수록 머리가 복잡해져요.

참, 제가 선거에 관해서 아직 말씀드리지 않았죠? 3주 전에 끝났어요. 그런데 저희는 매우 바쁘게 하루하루를 보냈기 때문에, 3주 전의 일은 아주 오래전에 있었던 일 같은 느낌이 든답니다. 어쨌든 결론을 말씀드리면, 샐리가 과 대표로 당선됐어요. 그래서 저희는 '만세! 맥브라이드!'라고 쓴 플래카드를 들고 악대와 같이 횃불 행진을 했어요.

저희는 이제 '258호실'에서 매우 중요한 인물이 되었어요. 그리고 줄리아와 저는 영광 속에서 살게 되었답니다. 과 대표와 같은 방을 쓰는 건 좀처럼 흔한 일이 아니거든요.

존경하는 아저씨, 안녕히 주무세요.

아저씨를 진심으로 존경하는 주디 올림

11월 12일

어제 농구 시합을 했는데, 1학년을 이겼어요. 물론 기분이 좋았지만, 3학년을 이기지 못해서 아쉬움이 조금 남아요.

샐리가 방학 때 매사추세츠 주의 휴스턴에 있는 자기 집으로 저를 초대했어요. 정말 좋은 친구예요. 꼭 가고 싶어요. 저는 지금까지 록월로 말고는 평범한 집에 가 본 적이 없거든요. 그리고 셈플 씨 부부는 어른인 데다 연세가 많으셔서 평범한 집안의 분위기를 별로 느낄 수 없었어요. 샐리 맥브라이드의 집에는 아이들이 적어도 두세 명은 있을 거예요. 게다가 아버지, 어머니는 물론 할머니와 앙고라 고양이까지 있대요. 그야말로 갖출 것은 다 갖춘 집이죠. 트렁크에 이것저것 물건을 담아 떠나는 것이 기숙사에 남아 있는 것보다 훨씬 즐거운 일이에요. 그래서 저는 아주아주 기뻐서 벌써부터 가슴이 두근거린답니다.

7교시인데, 연극 연습을 해야 돼요. 제가 추수 감사절 연극에 출연하게 되었거든요. 저는 벨벳으로 만든 멋진 옷을 입고 금발의 왕자님이 되어 탑 안에 있을 거예요. 멋지죠?

안녕.

주디

토요일

제가 어떻게 생활하는지 보고 싶지 않으세요? 리어노라 펜턴이 찍어 준 삼총사의 사진을 보내 드려요.

환하게 웃고 있는 아가씨가 샐리, 점잔을 빼며 서 있는 키 큰 아가씨가 줄리아 그리고 머리카락을 휘날리며 서 있는 사람이 바로 저예요. 실물은 사진보다 훨씬 더 나은데, 햇빛 때문에 눈이 부셔서 인상을 찌푸리고 말았어요.

12월 31일 매사추세츠 주, 우스터, 스톤 게이트에서

키다리 아저씨께

크리스마스 선물인 수표에 관한 감사 편지를 쓸 생각이었는데, 맥브라이드의 집에서 보낸 시간이 매우 재미있어서 잠시도 책상 앞에 앉아 있을 틈이 없었어요.

아저씨가 보내 주신 돈으로 저는 새 드레스를 장만했어요. 꼭 필요해서 산 것은 아니지만, 예전부터 갖고 싶던 것이었거든요. 올해 크리스마스 선물은 아저씨가 보내 주신 것만 받기로 했어요.

샐리의 집에서는 하루하루가 다 즐거워요. 샐리의 집은 큰길에서 한참 떨어져 있는 하얀 벽돌로 지은 고풍스런 건물이에요. 제가 존 그리어 고아원에 있을 때, '도대체 저 안은 어떻게 생겼을까?' 하고 생각하던 그런 집과 똑같이 생겼어요. 그때 저는 제 눈으로 직접 확인할 수 있으리라고는 상상도 하지 못했지요. 이곳 사람들은 마음씨가 상냥하고 따뜻하며 무척 가정적이에요. 전 이 방 저 방을 뛰어다니며 마음껏 구경하고 있어요.

그리고 샐리의 가족들도 모두 좋은 분들이에요. 샐리에게는

부모님과 할머니, 긴 머리가 잘 어울리는 세 여동생, 발 씻는 것을 늘 잊어버리는 남동생과 지미라는 잘생긴 오빠가 있어요. 샐리의 오빠는 프린스턴 대학 3학년이래요.

식사 시간도 무척 즐거워요. 모두가 스스럼없이 이야기하고 재미있는 농담을 주고받으며 마음껏 웃어요. 게다가 식사하기 전에 기도 따위도 하지 않아요. 제가 하느님께 죄를 짓는 것일까요? 하지만 아저씨도 저처럼 질릴 정도로 감사 기도를 많이 했다면 아마 저하고 똑같은 기분이실 거예요.

이곳에서 지내는 동안 좋은 경험을 많이 했답니다. 무엇부터 이야기해야 좋을지 모를 정도예요. 맥브라이드 씨는 공장을 가지고 있는데, 크리스마스이브에 종업원의 아이들에게 크리스마스트리를 만들어 주셨어요. 오빠가 산타클로스가 되었고, 샐리와 제가 아이들에게 선물을 나누어 주는 것을 도왔답니다.

마치 제가 존 그리어 고아원의 평의원이 된 듯한 느낌이었어요. 저는 과자 때문에 손이 끈적끈적해진 남자아이에게 입맞춤을 해 주었어요. 그리고 머리를 쓰다듬어 주는 일은 하지 않았어요.

크리스마스 이틀 뒤에는 맥브라이드가의 가족들이 저를 위해 댄스파티를 열어 주었어요. 처음으로 참석해 보는 진짜 댄스파티였어요. 학교에서 열리는 댄스파티에는 여러 번 참석했지만 여자끼리 춤을 추는 학교 댄스파티는 재미가 없거든요. 저는 새로 산 하얀 이브닝드레스를 입었어요. 이 드레스는 아저씨가 주신 크리스마스 선물이에요. 정말 고맙습니다. 그리고 목이 긴 하얀 장갑을 끼고 하얀색 비단신을 신었죠.

한 가지 아쉬웠던 점은 제가 지미 오빠와 팔짱을 끼고 코티용을 추는 모습을 리펫 선생님께 보여 드리지 못한 거예요. 이번에 존 그리어 고아원에 가시게 되면 이것을 꼭 원장 선생님께 말씀해 주세요.

안녕히 계세요.

주디 애벗

추신

아저씨, 만약 제가 대작가가 되지 않고 평범한 여자가 된다면, 아저씨는 크게 실망하시겠죠?

토요일 오후 6시 30분

아저씨.

오늘 마을까지 걸어갔는데, 비가 엄청나게 쏟아졌어요. 저는 겨울은 겨울답게 비보다 눈이 내려야 한다고 생각해요. 아저씨는 어떠세요?

오늘 오후에 뜻하지 않게 저비스 펜들턴 씨가 저희 학교를 방문하셨어요. 1파운드에 약 454그램 정도니까, 약 5파운드나 되는 초콜릿이 들어 있는 상자를 하나 가지고 오셨어요. 줄리아와 같은 방을 쓴다는 것이 얼마나 도움이 되는지 아시겠죠?

저희 이야기가 무척이나 재미있으셨는지, 펜들턴 씨는 저희 공부방에서 차를 마시려고 기차 시간까지 늦추셨어요. 저희는 펜들턴 씨가 저희 방을 방문하실 수 있도록 허락을 받기 위해 복잡한 절차를 밟아야 했어요. 아버지나 할아버지도 기숙사 안으로 들어오시기 힘든데, 삼촌이니 오죽하겠어요. 형제자매나 사촌은 어림도 없는 얘기죠.

줄리아는 그분이 자기 삼촌이 확실하다는 것을 맹세하고 군청의 증명서까지 받아야 했어요. 그렇게 복잡한 절차를 거쳐 허락을 받긴 했지만, 만약 사감 선생님께서 펜들턴 씨가 잘생긴 젊은 남자라는 것을 아셨다면 허락해 주셨을지 지금도 확신이 서지 않아요.

어쨌든 저희는 치즈와 검은 빵으로 만든 샌드위치와 차를 마셨어요. 펜들턴 씨는 차 준비하는 것을 도와주신 뒤에 샌드위치를 네 개나 드셨어요.

그리고 제가 이번 여름 록월로에서 지냈던 일과 그곳의 셈플 씨 부부와 말, 소, 병아리 등에 관해서 즐겁게 이야기를 나누었어요.

펜들턴 씨가 알고 계시는 가축들 중에는 그로브만 남아 있을 뿐 나머지는 모두 죽고 없었어요. 그 말은 펜들턴 씨가 농장에 계실 때는 아주 작은 망아지였다는데, 지금은 불쌍하게도 너무 늙어서 절룩거리며 겨우 목장을 어슬렁거릴 정도였어요.

펜들턴 씨는 셈플 씨 집의 음식 저장실 찬장 맨 아래 칸, 파란 접시를 뚜껑 삼아 덮은 노란색 항아리 안에 지금도 도넛이 들어 있느냐고 물어보셨어요. 물론 지금도 그대로라고 말씀드렸죠.

그리고 목장 근처의 바위가 겹쳐 있는 곳 아래에 지금도 우드척의 동굴이 있느냐고 물어보셨어요. 모두 그대로였어요. 애머사이가 올여름에 토실토실하게 살이 찐 커다란 회색 우드척을 잡았는데, 그 우드척은 펜들턴 씨가 잡으셨던 우드척의 25대째 후손이래요.

저는 펜들턴 씨를 '저비스 도련님'이라고 불렀는데, 별로 기분 나빠 하시는 것 같지 않았어요. 줄리아는 이렇게 상냥한 삼촌 모습은 처음 본대요. 보통 때는 말도 걸기 어려울 정도로 근엄한 분이라고 했거든요.

그런데 줄리아에게는 사람이 다가오게 하는 친근함이 별로 없는 것 같아요. 남자를 대할 때에는 무엇보다 그것이 중요한데 말이에요. 고양이도 털이 자란 방향으로 쓰다듬으면 편안하게 잘 따르지만, 거꾸로 쓰다듬으면 할퀴려고 덤비는 것과 같은 이치라고 생각해요.

이건 기품 있는 말은 아니지만, 무슨 비가 이렇게 억세게 내리죠? 아저씨가 계신 곳도 지금 비가 오나요? 오늘 밤 성당에 갈 때는 헤엄쳐서 가야 할 것 같아요.

영원히 변치 않는 주디가

1월 20일

키다리 아저씨께

요람에서 사라진 여자 아기가 아저씨의 품속에 안겨 있는 것은 아닐까요? 어쩌면 제가 그 아기인지도 모르겠어요. 만약 이것이 소설이라면 여기에서 아름답게 끝을 맺었으면 좋겠어요.

자기가 어디에서 태어난 누구인지를 모른다는 건 정말 묘한 느낌이 들게 해요. 조금은 자극적이고 낭만적인 느낌이에요. 여러 가지 경우를 생각해 봤어요. 어쩌면 저는 미국인이 아닐지도 몰라요. 그런 사람이 꽤 많거든요. 저는 고대 로마 인의 직계 자손일지도 몰라요. 아니면 해적의 딸인지도 모르죠. 그것도 아니면 추방당한 러시아 인의 자손이라서, 부모님과 함께 살았다면 지금쯤 시베리아 감옥에 있었을지도 몰라요. 집시일 수도 있고요. 제 생각에는 틀림없이 집시일 것 같아요. 저는 이곳저곳 떠돌아다니는 버릇이 있거든요. 아직 제대로 실행에 옮겨 본 적은 없지만요.

아저씨는 제가 저질렀던 부끄러운 사건을 알고 계시나요? 제가 과자를 훔쳤다는 이유로 벌을 받고 고아원을 도망쳤던 일 말이에요. 이건 평의원님이라면 누구라도 읽으실 수 있는 공책에 씌어 있어요.

하지만 아저씨, 그건 어쩔 수 없는 일이었다고 생각하지 않으세요? 겨우 아홉 살짜리, 그것도 늘 배가 굶주려 있는 여자아이 혼자 식당에서 칼을 갈도록 내버려 두고 모두 밖으로 나가 버린 상황에서는 말이에요. 아이가 손만 뻗으면 닿는 곳에 과자가 담긴 항아리를 두고 말이죠. 사람들이 돌아와 보니 그 아이의 입가에는 과자 가루가 묻어 있었어요. 모두가 금방 상황을 이해했지요. 사람들은 그 아이의 팔꿈치를 붙잡고 따귀를 한 차례 때렸어요. 게다가 식사 뒤에 푸딩이 나오자, 그 아이를 세워 놓고 다른 아이들에게 "이 아이는 도둑질을 했기 때문에 그 벌로 푸딩을 주지 않는다."라고 말했으니 그 아이가 도망가는 것이 당연하지 않겠어요?

결국 그 아이는 6킬로미터 정도 도망갔다가 붙잡혀서 다시 고아원으로 돌아왔어요. 그 바람에 일주일 동안은 다른 아이들이 밖에서 뛰어놀 때 마치 죄지은 강아지처럼 뒷마당의 말뚝에 묶여 있어야 했어요.

성당의 종이 울리고 있네요. 성당에서 돌아오면 학생회에 가 봐야 해요. 오늘은 재미있는 편지를 쓸 생각이었는데, 우울한 이야기만 늘어놓아서 죄송해요.

친애하는 아저씨, 다시 만날 때까지 건강하게 지내세요.

주디

추신

한 가지 분명한 사실은 제가 중국인은 아니라는 거예요.

2월 4일

키다리 아저씨께

샐리의 큰오빠인 지미가 저희 방 한쪽 벽을 완전히 가릴 정도로 커다란 프린스턴 대학의 교기를 보내 주었어요.

저를 잊지 않아서 정말 고맙기는 했지만, 대체 이걸 어떻게 해야 좋을지 모르겠어요. 샐리도 줄리아도 이것을 방에 걸어 두는 것에는 반대거든요. 올해는 저희 방을 빨간색 가구로 장식했기 때문이지요. 거기에 오렌지색과 검은색이 어우러져 있는 깃발을 걸어 두면 얼마나 안 어울릴지 상상할 수 있으시겠죠?

하지만 이렇게 멋지고 따스해 보이는 두꺼운 펠트를 그냥 내버려 두는 건 아까운 일이에요. 이것으로 목욕 수건을 만들어 볼까요? 제가 쓰던 것은 세탁을 했더니 줄어들어 버렸거든요.

요즘 제가 무엇을 공부하는지 알려 드리는 것을 계속 잊고 있었네요. 물론 편지만 보고 상상하시기는 어렵겠죠?

저는 거의 모든 시간을 학과 공부에 쏟고 있어요. 한꺼번에 다섯 과목 이상을 배우고 있기 때문에 다른 데 신경 쓸 틈이 없답니다.

"진정한 학자가 되려면 사소한 것일지라도 애착을 갖고 끊임없이 연구와 노력을 해야 합니다."

화학 교수님은 이렇게 말씀하셨어요. 그런데 역사 교수님은 이렇게 말씀하셨죠.

"사소한 것에 매달리지 말고, 전체적으로 이해하는 것이 중요해요."

저희가 화학 교수님과 역사 교수님 사이에서 얼마나 갈팡질

팡할지 짐작이 되시나요? 저는 역사 공부가 가장 재미있어요. 제가 만약 정복왕 윌리엄이 1492년에 건너왔다고 주장하거나, 아니면 콜럼버스가 아메리카 대륙을 발견한 것은 1100년이라고 주장하거나 1066년이라고 주장해도, 그런 사소한 문제에 관해서는 역사 교수님이 너그럽게 봐주실 테니까요. 그래서 역사 공부는 안심이 되지만 화학 공부는 마음을 놓을 수가 없어요.

6교시 종이 울리고 있네요.

오늘은 실험실로 가서 산과 염기와 알칼리에 관해 조사해야 해요. 저는 실험용 앞치마를 염산에 태워 접시만한 구멍을 만들어 버렸어요. 이론대로라면 이 구멍을 강한 암모니아로 중화해서 다시 막으면 되겠지만, 그건 불가능한 일이겠죠?

시험은 다음 주로 다가왔지만, 저는 자신 있답니다.

언제나 아저씨 곁에 있는 주디

3월 5일

키다리 아저씨께

3월에는 따스한 바람이 불어야 하는데, 하늘에는 새까맣고 묵직한 구름만 잔뜩 끼어 있어요. 소나무 숲에서는 까마귀가 야

단스럽게 지저귀고 있고요. 그런데 어쩐지 제 마음을 설레고 들뜨게 만드는 날이에요. 이런 날은 책을 덮고 언덕 위의 바람과 함께 마구 달려 보고 싶은 기분이 들어요.

지난 토요일에는 친구들과 함께 질퍽질퍽한 시골길에서 '여우 잡기 놀이'를 하며 8킬로미터나 뛰어다녔어요. 여우로 정해진 세 명은 잘게 찢은 종이를 잔뜩 가지고서 사냥꾼 27명보다 30분 먼저 출발했지요. 저는 그 사냥꾼 27명 가운데 하나였어요. 하지만 사냥꾼 중에서 8명이 게임 도중에 포기하는 바람에 마지막에는 사냥꾼이 19명밖에 남지 않았어요.

여우들은 언덕을 넘고 옥수수밭을 가로질러서 늪지대로 들어갔기 때문에, 사냥꾼들은 먼저 약간 높은 곳에 올라가서 여우들이 어디 있는지 살펴봐야 했어요. 사냥꾼들은 겨우 여우들을 발견하고 언덕을 넘어 쫓아가기 시작했어요. 물론 절반쯤은 복사뼈까지 흙투성이가 되었지요. 그런데 그만 여우들의 발자국을 잃어버리는 바람에 25분이나 시간을 허비했어요. 늪에서 겨우 빠져나온 사냥꾼들은 언덕 위의 숲을 지나 헛간의 창문 밑에 도착했어요. 그런데 헛간 문은 모두 잠겨 있었고, 창문은 위쪽에 나 있는 작은 것 하나밖에 없었어요.

사냥꾼들은 창문으로 들어가지 않고 헛간 주위를 한 바퀴 둘러보았어요. 그랬더니 낮은 오두막 지붕을 지나 울타리 위에 도망친 발자국이 있었어요. 여우들은 그곳에서 사냥꾼들을 헤매도록 할 생각이었겠지만, 저희는 그것을 역이용했어요. 그리고 저희는 그곳에서부터 목장을 따라 3킬로미터 정도까지 여우들을 쫓아갔는데, 종잇조각을 뿌려 놓은 간격이 너무 멀어서 그 흔적을 찾느라고 꽤 고생을 했어요. 이 놀이에는 여우가 되면 2미터 정도 간격으로 종잇조각을 떨어뜨려야 한다는 규칙이 있거든요. 그렇게 긴 2미터는 처음이었어요.

두 시간 가까이 끈질기게 추적한 결과, 마침내 여우들이 크리스털 스프링 부인의 부엌으로 들어간 흔적을 발견했어요. 그 부엌은 학생들이 건초를 담는 수레를 타고 와서 닭고기나 와플을 먹는 장소예요. 사냥꾼들은 그곳에서 느긋하게 앉아 우유와 벌꿀과 비스킷을 먹고 있는 여우 세 마리를 발견했죠. 여우들은 설마 저희가 그렇게 먼 곳까지 따라오리라고는 생각하지 못했는지 무척 놀라는 것 같았어요. 헛간 앞에서 포기했을 것이라고 생각했던 거죠.

여우 사냥은 그렇게 끝이 났고 양쪽 모두 자기들이 이겼다고 주장했어요. 사냥꾼들이 분명히 학교로 돌아오기 전에 여우들을 붙잡았기 때문에, 저는 사냥꾼 쪽이 이겼다고 생각해요. 아저씨는 어떻게 생각하세요?

여우를 잡으러 뛰어다녔던 사냥꾼 19명은 메뚜기처럼 의자나 책상을 넘어 다니며 "벌꿀 좀 줘!"라고 소리쳤어요. 벌꿀은 모두가 맛볼 수 있을 만큼 많지 않았거든요. 크리스털 스프링 부인은 ― 아, 이건 저희가 붙인 별명이고, 진짜 이름은 존슨 씨예요 ― 딸기 잼 한 병과 지난주에 사탕단풍으로 만든 메이플 시럽 그리고 검은 빵 세 개를 가져다주셨어요.

학교로 돌아온 것은 6시 30분이 지나서였어요. 모두 저녁 식사 시간에 30분이나 지각을 한 거예요. 그래서 저희는 옷도 갈아입지 않고 식당으로 우르르 몰려갔어요. 너무 배가 고팠거든요. 저희 모두 성당에 미사를 드리러 가지도 않았어요. 저희의 흙투성이 신발이 멋진 변명거리가 되어 주었죠.

아참, 시험에 관해 말씀드린다는 걸 깜빡했네요. 모두 잘 보았어요. 이제는 시험을 잘 보는 비결을 알기 때문에, 낙제 따위는 하지 않아요. 1학년 때 그 지긋지긋한 프랑스 어와 기하학을 실패하지만 않았더라도, 우등생으로 졸업할 수 있을지도 모르는데 말이에요. 하지만 상관없어요. '행복하다고 느낀다면 상황은 아무래도 상관없다.'라는 말도 있잖아요. 이건 지금 공부 중인 고전 문학에서 베낀 거예요.

아저씨는 고전 중에서 '햄릿'을 읽어 보셨나요? 만약 읽지 않으셨다면 꼭 읽어 보세요. 아주 멋진 작품이에요. 지금까지 셰익스피어에 관해 여러 번 이야기를 들었지만, 이렇게까지 멋진 글을 썼을 줄은 몰랐어요. 저는 분명히 소문만 요란한 작가일 것이라고 생각했거든요.

저는 책을 읽기 시작하면서부터 한 가지 재미있는 놀이를 하고 있어요. 그게 뭔지 궁금하시죠? 전 밤마다 잠들기 전에 제가 읽고 있는 책의 주인공이 된답니다.

지금 저는 오필리아예요. 그것도 인정이 아주 많은 오필리아랍니다. 저는 언제나 햄릿을 즐겁게 해 주고, 아끼고, 때로는 꾸짖기도 하고, 햄릿이 감기에 걸리면 부기나 고통을 가라앉히기 위해 목에 젖은찜질을 해 주기도 합니다. 그래서 우울증을 완전히 고쳐 주지요. 임금님과 왕비님은 돌아가셨어요. 바다에서 조난당했기 때문에 장례식도 치를 필요가 없었어요. 그래서 햄릿과 저는 아무런 불편 없이 덴마크를 다스리고 있는 중이에요. 햄릿은 정치를, 저는 자선 사업을 하고 있죠. 저는 훌륭한 시설을 갖춘 고아원을 몇 개 세웠어요. 만약 아저씨가 저희 고아원의 평의원님들을 만나고 싶으시다면 기꺼이 소개해 드리겠어요. 틀림없이 도움이 될 거예요.

인정 많은 덴마크 왕비 오필리아

3월 24일(25일인지도 모르겠어요.)

키다리 아저씨.

전 천국에 갈 수 없을 거예요. 이 세상에서 좋은 것들을 너무 많이 받아서요. 죽어서까지 이렇게 행복하게 산다면 불공평하잖아요. 대체 무슨 일이 있었는지 들어 보시겠어요?

제루샤 애벗이 학교 신문사에서 해마다 실시하는 단편 소설 공모에서 입선했어요. 상금도 자그마치 25달러나 되고요. 게다가 저는 아직 2학년인데 말이에요. 응모자는 대부분 4학년이거든요.

제 이름이 있는 것을 보고 처음에는 믿기지가 않았어요. 제 생각이지만, 저는 순조롭게 작가가 될 수 있을 것 같아요. 리펫 선생님이 다른 평범한 이름을 지어 주셨다면 어땠을까 생각해요. 제루샤 애벗, 어쩐지 무슨 여류 작가 같은 느낌이 들잖아요. 그렇죠?

봄에 공연할 셰익스피어 연극 '뜻대로 하세요'에도 출연하게 되었어요. 저는 로절린드의 사촌인 셀리아 역이에요.

마지막으로 이번 금요일에 줄리아와 샐리와 함께 쇼핑하러 뉴욕으로 가서 하룻밤 자고 다음 날 펜들턴 씨와 연극을 보러 가기로 했어요. 저희를 초대해 주셨거든요. 줄리아는 자기 집으로 가지만, 샐리와 저는 마사 워싱턴 호텔에서 머물 거예요. 아저씨, 부럽지 않으세요? 저는 태어나서 지금까지 한 번도 호텔이나 극장에 가 본 적이 없어요. 오래전에 성당에서 행사가 있어 그곳 교구에서 고아들을 초청해 준 적은 있지만, 그건 진짜 연극이 아니었기 때문에 이것과는 달라요.

저희가 보러 가는 연극은 바로 '햄릿'이에요. 아주아주 근사해요. 셰익스피어 시간에 저희는 4주일 동안이나 '햄릿'에 관해 공부했기 때문에 대사도 거의 다 외우고 있어요.

저는 이 모든 일에 너무 들떠서 잠을 잘 수가 없을 정도예요.

안녕히 계세요.

아저씨, 이 세상은 정말 즐거운 곳이에요.

주디

추신

지금 막 달력을 보니 오늘이 28일이네요.

한 번 더 추신

오늘 한쪽 눈은 갈색이고, 다른 한쪽 눈은 파란색인 전차 차장을 보았어요. 이 사람이야말로 탐정 소설의 범인으로 제격이 아닐까요?

4월 7일

키다리 아저씨.

뉴욕은 우스터와는 비교도 안 될 정도로 정말 어마어마하게 큰 곳이에요. 아저씨는 정말 이 요란하고 넓은 도시에서 살고 계신 건가요? 그곳에서 지낸 이틀 동안의 꿈같은 환상에서 벗어나려면 앞으로 몇 개월은 지나야 할 것 같아요. 제가 본 멋진 일들 가운데 무엇부터 이야기해야 좋을지 모르겠어요. 하지만 아저씨는 그곳에서 살고 계시니까, 그다지 특별하게 느끼지는 않으실 거예요.

뉴욕은 정말 재미있는 볼거리가 많은 곳이에요. 가게 진열장 안에 진열되어 있는 멋지고 신기한 물건들은 지금까지 한 번도 본 적이 없는 것들이었어요. 그런 걸 보고 있으면 누구나 평생 그 생각만 하게 될 거예요.

저희는 토요일 아침에 쇼핑을 나갔어요. 줄리아는 제가 한 번도 구경해 보지 못한 호화로운 가게로 들어갔어요. 그곳은 벽이 흰색과 금색으로 말끔하게 칠해져 있었어요. 그리고 파란 카펫에 파란 비단 커튼이 드리워져 있었고, 금색 의자가 있었어요.

그곳의 분위기와 잘 어울리는 무척 아름다운 금발 여인이 상냥하게 저희를 맞이해 주었어요. 순간 저희가 어느 가정집을 방문하고 있다고 착각해서 하마터면 악수를 할 뻔했어요. 모자를 사러 간 거였는데 말이에요. 줄리아는 거울 앞에 서서 이 모자, 저 모자 정신없이 써 보았는데 모두가 처음 쓰고 갔던 것보다 예뻤어요. 줄리아는 그중에서도 가장 예쁜 것으로 두 개를 샀어요.

그렇게 거울 앞에 앉아 가격도 물어보지 않고 자기 마음에 드는 모자를 마음대로 사는 줄리아를 보니 부러울 것이 없겠다는 생각을 했어요. 아저씨, 뉴욕이라는 곳은 존 그리어 고아원 때문에 남아 있던 마음의 상처를, 아니 걱정 많은 성격을 깨끗이 없애 줄 수 있는 곳이었어요.

저희는 쇼핑을 마치고 나서 '셰리'라고 하는 레스토랑에서 펜들턴 씨를 만났어요. 아저씨도 이런 가게에 가 보신 적이 있겠죠? 그럼 그곳의 기억을 떠올려 보세요. 그리고 존 그리어 고아원 식당의 식탁과 아무리 깨뜨리려고 해도 깨지지 않는 하얀 그릇과 나무 손잡이가 달린 나이프와 포크만 사용하던 제가 어떤 생각을 했을지도 상상해 보시고요.

그런 곳에 익숙하지 않은 저는 생선 요리를 먹을 때, 포크를 잘못 사용했어요. 그랬더니 종업원이 매우 친절하게도 다른 사람이 눈치채지 않게 생선용 포크를 건네주었어요.

점심 식사를 마치고 저희는 극장으로 갔어요. 눈이 휘둥그레질 정도로 아름다웠어요. 저는 밤마다 그곳의 꿈을 꾸고 있어요.

셰익스피어는 정말 멋있어요.

'햄릿'은 학교에서 공부했을 때보다 무대에서 보는 것이 훨씬 멋졌어요. 저는 전부터 '햄릿'이 멋있다는 것은 알았지만, 지금은 어떠한 말로도 표현할 수 없을 정도로 반했다고 하는 것이 맞는 말일 거예요.

아저씨만 괜찮으시다면, 저는 작가보다 배우가 되고 싶어요. 아저씨, 혹시 저를 연극 학교에 보내 주실 생각은 없으신가요? 만약 그렇게 해 주신다면 제가 출연할 때마다 특별석 입장권을 보내 드리고, 무대에서 아저씨께 미소를 지어 보일게요. 그때 아저씨는 가슴에 빨간 장미를 꽂고 계셔야 해요. 그래야만 다른 사람이 아닌 아저씨께 미소를 지을 수 있을 테니까요. 만약 엉뚱한 사람에게 미소를 지으면 창피하잖아요.

저희는 토요일 밤에 이곳으로 돌아왔어요. 저녁 식사는 돌아오는 길에 기차에서 했어요. 흑인 종업원과 분홍색 램프가 켜져 있는 예쁜 식탁이 있는 곳이었어요. 저는 지금까지 기차에서 식사를 한다는 말을 들어 본 적이 없었기 때문에 저도 모르게 그게 무슨 말이냐고 물어보았죠. 그랬더니 대뜸 줄리아가 이렇게 묻더군요.

"넌 도대체 어디에서 자랐니?"

"시골에서."

저는 머뭇거리며 대답했어요.

"여행을 해 본 적도 없니?"

줄리아는 계속해서 질문을 했어요.

"대학으로 올 때가 처음이야. 그것도 겨우 250킬로미터밖에 되지 않는 여행이었는걸. 식사 같은 건 해 본 적 없었어."

줄리아는 제가 계속 이상한 말만 하니까, 무척 흥미를 느꼈나 봐요.

저는 쓸데없는 말을 하지 말자고 늘 다짐하는데도 무언가 놀라운 일을 경험하면 저도 모르게 바보 같은 말을 내뱉어요. 더구나 요즘처럼 늘 새롭고 놀라운 경험만 하면 감당할 수가 없죠.

18년 동안 존 그리어 고아원에서만 생활하던 아이가 갑자기 바깥세상을 접하게 되었으니, 모든 것이 새롭고 신비스러운 건 당연하지 않나요?

하지만 저도 조금씩 새로운 세상에 익숙해지고 있어요. 이제 전처럼 터무니없는 실수는 하지 않으니까요. 그리고 다른 사람과 함께 있어도 조금도 거북하지 않아요. 전에는 누군가가 저를 바라보고 있으면 늘 머뭇거리고 말도 제대로 못했어요. 왜냐하면 하늘거리는 드레스 위로 바둑무늬 무명옷이 보일 것 같은 기분이 들었거든요. 그런데 지금은 무명옷 따위에는 신경 쓰지 않아요.

꽃다발 이야기를 잊었군요. 펜들턴 씨는 저희에게 탐스러운 제비꽃과 은방울꽃으로 만든 꽃다발을 보내 주셨어요.

정말 친절한 분이세요. 저는 평의원님들을 보면서, 부잣집 남자들에 대해 별로 좋은 느낌을 받지 않았는데 지금 그 생각을 바꾸고 있는 중이에요.

주절주절 쓰다 보니 열한 장이나 됐네요. 편지가 길어서 죄송해요. 하지만 이제 끝낼 테니까 참고 이해해 주세요.

늘 아저씨 곁에 있는 주디가

4월 10일

부자 아저씨께

아저씨가 보내 주신 50달러짜리 수표를 동봉합니다. 고맙기는 하지만 저는 이 돈을 받을 수 없어요. 다달이 보내 주시는 용돈만으로도 제게 필요한 모자를 살 수 있거든요. 모자 가게에서 있었던 일에 관해 생각 없이 쓴 것을 후회하고 있어요. 제가 그런 글을 쓴 것은 다만 지금까지 그런 곳에 가 본 적이 없었기 때문이지, 용돈을 더 달라고 조르려던 것은 아니에요. 저는 어쩔 수 없이 받고 있는 돈 이외의 동정은 받을 생각이 없어요.

그럼, 안녕히 계세요.

제루샤 애벗

4월 11일

제가 가장 좋아하는 아저씨.

어제 보낸 편지를 용서해 주세요. 그 편지를 우체통에 넣은 뒤부터 지금까지 후회하고 있어요. 다시 가져오려고 했지만, 제 마음을 모르는 집배원 아저씨는 편지를 돌려주지 않았어요.

한밤중인데도 저는 제가 한심하고 벌레 같은 인간이라는 생각이 들어 잠들지 못하고 있어요. 다리가 몇 백 개나 달린 지네 같다는 생각이 들어요. 이것이 제게 할 수 있는 가장 심한 욕일 거예요. 저는 줄리아와 샐리가 잠에서 깨지 않도록 살그머니 공부방의 문을 잠그고, 침대 위에 앉아 역사 공책을 찢어서 이 편지를 쓰고 있어요.

그 수표 때문에 경솔하게 행동한 것을 무척 후회하고 있어요. 아저씨께서 친절한 마음으로 제게 그 돈을 보내 주셨다는 것은 누구보다도 잘 알고 있어요. 아저씨께 진심으로 사과를 드리고 싶어요. 모자 같은 사소한 문제에까지 신경을 써 주시다니, 아저씨는 정말 고마운 분이시라고 생각해요. 그것을 돌려 드리더라도 좀 더 정중하게 돌려 드렸어야 했는데…….

저는 그 돈을 돌려 드릴 수밖에 없었어요. 저는 보통 아이들과는 다르거든요. 다른 아이들은 자연스럽게 남에게 무언가를 받는 것에 익숙해져 있죠. 그들은 아버지, 어머니, 오빠, 삼촌, 이모가 있으니까요. 하지만 제게는 그런 가족이나 친척이 없어요. 제가 아저씨를 가족이라고 생각하기는 하지만, 다만 그런 생각을 즐길 뿐이지 아저씨가 진짜 삼촌이나 아버지가 아니라는 것은 잘 알고 있어요.

저는 정말로 외톨이예요. 혼자서 외롭게 세상과 싸우며 살고 있는 거죠. 그런 생각을 하면 목이 메고 금방 울음이 터질 것 같지만, 이런 생각을 마음속에 넣어 두고 그렇지 않은 척 행동하고 있을 뿐이에요.

아무래도 저는 필요 이상의 돈은 받을 수가 없어요. 왜냐하면 제가 언젠가는 제게 보내 주신 학비나 용돈을 갚아 드릴 생각을 하고 있어서예요. 액수가 너무 크면 설사 제가 대작가의 꿈을 이룬다고 해도 다 갚지 못하게 될 테니까요.

물론 저도 예쁜 모자나 액세서리들을 가지고 싶긴 하지만, 나중에 그 대금을 지불하는 데 제 장래를 맡길 수는 없어요.

저의 무례함을 용서해 주시겠어요? 저는 어떠한 일에 관해 생각을 하면 앞뒤를 가리지 않고 바로 말을 하거나 글로 쓰는 못된 버릇이 있어요. 그러고는 우체통에 넣는 순간부터 후회하곤 하죠. 제가 하는 이런 행동이 어리석고 은혜를 모르는 사람처럼 보이시겠지만, 결코 진심으로 그러는 것은 아니에요. 전 마음속으로 아저씨께서 베풀어 주신 이 생활과 자유와 독립에 관해 늘 고마워하고 있어요.

저의 어린 시절은 지루하고 우울하고 반항심으로 가득 차 있었어요. 그런데 지금은 순간순간이 너무나 행복해서 이것이 현실인지조차 믿을 수 없을 정도예요. 마치 소설 속의 주인공이 된 듯한 착각이 들어요.

벌써 새벽 2시 15분이에요. 저는 이제부터 조용히 밖으로 빠져나가 이 편지를 우체통에 넣을 생각이에요. 틀림없이 먼저 보낸 편지에 이어서 바로 배달될 테니까, 그렇게 오랫동안 아저씨를 기분 나쁘게 하지는 않을 거예요.

안녕히 주무세요, 아저씨.

늘 아저씨를 사랑하는 주디

5월 4일

키다리 아저씨께

지난주 토요일에는 저희 학교에 체육 대회가 있었어요. 정말 큰 행사였어요.

체육 대회가 시작되자 전교생이, 마로 만든 새하얀 옷을 입고 행진을 했어요. 4학년은 하늘색, 황금색, 파란색으로 된 일본 우산을 들고, 3학년은 흰색과 노란색 깃발을 들고, 저희 학년은 새빨간 풍선을 들고 행진했어요. 나중에 실이 끊어진 풍선이 둥실둥실 날아가 모든 사람의 시선을 끌기도 했어요. 1학년은 긴 색테이프로 장식한 모자를 썼어요. 마을에서 파란색 유니폼을 빌려 입은 음악대도 있었어요. 그리고 체육 대회를 구경하시는 분들을 즐겁게 해 드리기 위해 학생 열두 명 정도가 어릿광대로 분장을 하고 운동장을 누비고 다녔어요.

줄리아는 마로 만든 더스터 코트를 입고, 수염이 나고 뚱뚱한 시골 사람으로 분장해서 헐렁하게 부푼 박쥐 우산을 들고 다녔어요. 그리고 '퍼트리샤' — 아저씨, 이것보다 더 이상한 이름을 들어 본 적이 있으세요? 리펫 선생님도 이것보다 더 이상한 이름은 생각해 내지 못하실 거예요 — 라는 야위고 키가 큰 학생이 우습게 생긴 녹색 모자를 삐딱하게 쓰고 줄리아의 부인으로 분장했어요. 이 두 사람이 운동장을 한 바퀴 돌자 여기저기에서 웃음이 터져 나왔죠. 줄리아는 뚱뚱한 시골 사람 역할을 멋지게 소화했어요. 저는 설마 펜들턴가의 사람이 이런 우스꽝스러운 역할을 소화할 수 있으리라고는 꿈에도 생각하지 못했어요. 펜들턴 씨에겐 미안한 말이지만요. 저는 그분을 진짜 펜들턴가의 사람이라고 생각하고 싶지 않아요. 아저씨를 다른 평의원님들처럼 생각하지 않는 것과 마찬가지죠.

샐리와 저는 경기에 출전해야 해서 행진에는 참가하지 않았어요. 결과가 궁금하지 않으세요? 저희 둘 다 이겼어요. 두 사람 다 도움닫기와 멀리뛰기에서는 졌지만, 저는 50미터 단거리 달리기에서 8초를 기록해 1등을 했고, 샐리는 장대높이뛰기에서 2미터 20센티미터로 1등을 했어요.

골인할 무렵 숨이 너무 가빴지만, 저희 반 전체가 풍선을 흔들며 큰 소리로 응원해 주어서 기분이 좋았어요.

주디 50미터 경주에서 우승

"주디 애벗, 어떻게 된 거야? 괜찮아? 주디 애벗."

아저씨, 정말 뿌듯했어요. 그 뒤에 옷을 갈아입는 텐트로 가서 알코올로 마사지를 받고 숨을 고르기 위해 레몬을 먹었어요. 꼭 진짜 선수가 된 기분이었어요. 자기 반을 위해 경기에서 이기려고 노력하는 것은 정말 멋진 일이었어요. 가장 우승을 많이 한 학년이 그해의 우승컵을 받게 되는데, 올해는 7종목에서 우승한 4학년이 우승컵을 받았어요.

저는 어젯밤 늦게까지 '제인 에어'를 읽었어요. 아저씨, 아저씨는 60년 전의 일을 이야기할 수 있으실 정도로 나이가 많으신가요? 만약 그렇다면 그 시절 사람들은 이런 말을 사용했나요?

"이 녀석, 쓸데없는 말은 그만하고 빨리 내가 시키는 대로 해."

이 말은 제인 에어에 나오는, 잘난 척하기 좋아하는 블랑시 아가씨가 한 말이에요. 그리고 로체스터 씨는 하늘을 '금속의 창공'이라고 하더군요. 미친 여자가 하이에나처럼 웃기도 하고, 침실 커튼에 불을 붙이기도 하고, 신부 의상을 찢기도 하고, 물어뜯기도 하는데, 그야말로 멜로드라마예요. 한번 손에 잡고 읽기 시작하니까, 좀처럼 책을 놓을 수가 없었어요. 어떻게 이런 책을 젊은 여자, 그것도 교회 안에서만 자란 여자가 쓸 수 있었을까요? 브론테 자매에게는 무척 마음이 끌려요. 그들의 소설은 물론, 그들의 생활과 정신까지도 말이에요. 대체 이들 자매는 어디에서 이런 소재를 얻었을까요? 제인이 자선학교에서 고민하는 장면을 읽을 때 저는 너무 화가 나서 밖으로 나가 산책을 하면서 화를 식혀야 했어요. 제인이 어떤 기분이었을지 분명히 알 수가 있었어요. 리펫 선생님을 알고 있는 저는, 브로클허스트 씨가 눈에 선하게 보이는 것 같았어요.

아저씨, 화내지 마세요. 존 그리어 고아원이 로드 자선학교와 똑같다고 비꼬아서 말하는 것은 아니에요. 존 그리어 고아원은 옷이랑 먹을 것도 충분하고, 얼굴을 씻을 물도 충분하고, 지하실에는 난로도 있으니까요.

하지만 똑같은 점도 있어요. 그곳에서의 생활은 매우 단조롭고 특별한 일은 아무것도 일어나지 않는다는 거예요. 일요일에 아이스크림이 나오는 것 말고는 재미있는 일을 찾아볼 수 없어요. 그 아이스크림조차도 언제나 똑같은 것만 나오죠.

전 그곳에 있던 18년 동안 딱 한 번 모험을 했어요. 창고에 불이 났던 날, 저희는 한밤중에 일어나서 옷을 입고, 혹시라도 본관으로 불이 옮겨 붙을지 몰라 대피할 준비를 했어요. 하지만 다행히도 본관으로는 번지지 않아서 다시 침실로 돌아갔지요.

누구나 생활의 활력을 위해서 약간의 자극을 기대하는 것은 아주 자연스러운 것이라 생각해요. 그런데 저는 리펫 선생님께 불려가 존 스미스 씨가 저를 대학에 보내 주시겠다고 말씀하셨다는 이야기를 듣기 전까지는 한 번도 놀라운 일을 경험한 적이 없었어요. 그때에도 리펫 선생님은 그 이야기를 천천히 말씀해 주셨기 때문에 그렇게 크게 놀라지 않았죠.

누구에게나 상상력은 꼭 필요하다고 생각해요. 상상 속에서는 누구 말을 듣지 않아도 되고, 나 아닌 다른 사람이 될 수도 있으니까요. 그렇게 하면 누구나 친절하고 인정 많고 이해심 많은 사람이 될 수 있을 거예요. 그래서 아이들에게는 상상력을 충분히 키워 주는 것이 매우 중요하다고 생각해요.

하지만 존 그리어 고아원에서는 조금의 상상력도 허락되지 않았어요. 그곳은 오로지 의무만 강요하고, 칭찬 따위는 없는 곳이었죠.

저는 아이들에게 '의무'라는 말의 의미를 가르쳐 줄 필요는 없다고 생각해요. '의무'는 정말 듣기도 싫고 하기도 싫은 말이에요. 아이들에게는 아무리 짓궂은 장난을 하더라도 사랑받을 권리가 있다고 생각해요.

제가 고아원을 세우고 그곳의 원장이 될 때까지 기다려 주세요. 이건 제가 밤마다 잠자기 전에 떠올리는 가장 즐거운 생각이에요. 저는 작은 부분 하나하나까지 계획을 세워 두었어요.

식사를 하는 방법, 옷 입는 방법, 공부하는 방법, 놀이 방법 그리고 벌을 주는 방법까지 말이에요.

아무리 착한 아이라도 때로는 심한 장난을 하기 마련이니까 벌은 필요하다고 생각하지만, 어쨌든 아이들을 모두 행복하게 해 줄 거예요. 어른이 되어 고생을 많이 하더라도 어린 시절을 돌아보면서 자신이 행복한 아이였다는 추억을 갖게 해 주고 싶어요.

만약 제게 아이가 있다면, 제가 아무리 불행해진다 해도 그 아이만큼은 어른이 될 때까지 '고생'은 모르도록 신경을 써서 키우겠어요.

성당의 종이 울리네요. 이제 이 편지를 그만 써야 할 것 같아요.

목요일

실험실에서 돌아와 보니 다람쥐가 탁자에 앉아 아몬드를 먹고 있었어요. 날씨가 포근해져서 창문을 활짝 열어 놓으니까 이런 귀여운 손님들이 자주 찾아와서 기분이 좋아요.

토요일 아침

 어제가 금요일이고 오늘은 수업이 없으니까, 아저씨는 아마 제가 단편 소설 당선금으로 산 스티븐슨('보물섬'을 쓴 영국의 소설가) 전집에 파묻혀서 조용히 독서나 하며 저녁 시간을 보냈을 것이라고 생각하시겠죠?

 사실은 아까 친구 여섯 명이 저희 방에 모여 과자를 만들었어요. 그런데 그중 한 명이 저희가 가장 아끼는 카펫 위에 끈적끈적한 과자 하나를 떨어뜨렸답니다. 아무래도 이 얼룩을 깨끗이 없애는 일은 도저히 불가능할 것 같아요.

요즘 편지에다 공부에 관해서는 전혀 쓰고 있지 않지만, 날마다 착실하게 하고 있어요. 학과 공부에서 벗어나 인생관이나 가치관에 관해서 친구들과 이야기를 나누다 보면, 제가 부쩍 어른스러워지는 것을 느낀답니다. 하지만 아저씨와 저의 경우에는 제 쪽에서만 이야기를 하기 때문에 아쉬워요. 언제라도 좋으니 아저씨 마음이 바뀌시면 답장 주세요.

저는 이 편지를 사흘 동안이나 썼다가 그만두었다가 했어요. 지금쯤 아저씨도 읽는 데 지루하실 거예요.

안녕히 계세요. 멋진 아저씨.

주디

키다리 스미스 님께

며칠 전에는 토론과 논문의 내용을 항목별로 나누는 방법을 배웠어요. 그래서 편지를 거기에 맞춰 써 볼까 해요. 그렇게 하면 중요한 것은 한눈에 알 수 있고, 쓸데없는 이야기는 하나도 쓰지 않게 되거든요.

1. 이번 주 시험

A) 화학

B) 역사

2. 새 기숙사가 세워지고 있음.

A) 건물 짓는 데 필요한 자재

  a) 붉은 벽돌

  b) 회색 돌

B) 수용할 수 있는 사람 수

  a) 사감 선생님 1명, 교수님 5명

  b) 학생 200명

  c) 관리인 1명, 요리사 3명, 급사 20명, 청소 담당 20명

3. 오늘 밤 디저트는 크림과자

4. 지금 '셰익스피어의 희곡에 관하여'라는 특별한 주제로 논문을 쓰고 있는 중.

5. 루 맥마흔은 오늘 오후 농구를 하다가 넘어짐. 루 맥마흔은,

  A) 어깨뼈가 어긋나고

B) 무릎이 까졌어요.

6. 아래와 같은 장식이 달린 새 모자를 샀음.
A) 파란색 비단 리본
B) 파란 깃털 두 개
C) 장식용 빨간 방울 세 개

7. 지금 시간 9시 30분

8. 안녕히 주무세요.
주디

6월 2일

키다리 아저씨께

아주 멋진 계획이 생겼어요. 맥브라이드 씨 댁에서 애디론댁에 있는 산장에서 함께 여름을 보내는 것이 어떻겠느냐는 연락이 왔거든요.

애디론댁의 숲 한가운데에는 아담한 호수가 하나 있는데, 샐리의 부모님이 호수 근처에 있는 클럽의 회원이시래요. 회원들은 모두 숲속 여기저기에 오두막을 가지고 있는데, 호수에서 카누를 타기도 하고, 산길을 따라 다른 산장을 방문하기도 한대요. 그리고 매주 한 번씩 클럽 하우스에서 댄스파티를 연다고 해요. 댄스파티에 지미 맥브라이드의 대학 친구들도 초대하기 때문에 함께 춤을 출 수 있는 남자들도 많이 있대요.

이번 여름방학 동안 함께 지내자고 저를 초대해 주시다니 맥브라이드 부인은 정말 친절한 분이세요. 크리스마스 방학 동안 머물렀을 때 제가 꽤 마음에 드셨나 봐요.

편지가 너무 짧아서 죄송해요. 이건 제대로 쓰는 편지가 아니고, 다만 여름방학 계획을 알려 드리려는 것뿐이니까 이해해 주세요.

안녕히 계세요.

매우 만족스러워하는 주디

6월 5일

키다리 아저씨께

아저씨의 비서에게 편지를 받았는데, 스미스 씨는 제가 맥브라이드 부인의 초대를 받아들이지 말고, 작년 여름처럼 록윌로로 가기를 바란다고 씌어 있더군요.

왜요? 어째서죠? 도대체 무엇 때문에 그래야 하나요?

제 생각으로는 아저씨가 오해를 하신 것 같아요. 맥브라이드 부인은 저를 진심으로 초청하신 거예요. 저는 그 집에서 거추장스러운 존재가 아니에요. 그곳에는 일하는 사람이 별로 없기 때문에, 샐리와 제가 많은 도움이 될 거예요. 또 여러 가지를 배울 수 있는 아주 좋은 기회이기도 하고요. 여자라면 누구나 집안일에 관해서 어느 정도 알고 있어야 하는데, 저는 고아원의 일밖에 모르거든요.

산장에는 제 또래의 여자아이가 없기 때문에, 맥브라이드 부인이 샐리와 함께 지내라고 친구인 저를 초대하신 거예요.

그리고 샐리와 저는 이번 기회에 책을 많이 읽을 거예요. 내년에 배울 국어와 사회학 책을 모두 읽기로 했어요. 교수님께서 여름방학에 미리 책을 읽어 두면, 꽤 많은 도움이 될 거라고 말씀하셨거든요. 그리고 친구와 함께 읽고 이야기를 나누며 공부를 하는 것이 혼자서 하는 것보다 훨씬 더 학습 효과도 좋다고 하셨죠.

또 샐리의 어머니와 함께 있는 것만으로도 충분히 훌륭한 시간이 될 거예요. 그분은 취미도 다양하고, 유머도 있고, 상대방을 편안하게 해 주시거든요. 게다가 저희가 궁금해 하는 것에 관해서도 무엇이든지 알고 계시죠.

저는 아주 오랫동안 리펫 선생님과 함께 지냈지만, 맥브라이드 부인과 리펫 선생님은 정말 많이 달라요. 아저씨, 제발 그곳에 가는 것을 허락해 주세요.

제가 그 집에 가면, 그 집이 비좁아질 거라는 걱정도 하지 마셔요. 혹시라도 손님이 많으면, 남자들은 숲속 여기저기에 텐트를 치고 밖에서 지낼 거라고 했거든요. 남자들은 늘 밖에서 운동을 하니까 기분 나쁘게 생각하지는 않을 거예요. 그리고 건강에도 도움이 된다고 생각해요.

지미 오빠는 저에게 말 타는 법, 카누 조종법, 총 쏘는 법을 가르쳐 준대요. 아마도 이번 기회에 많은 것을 배울 수 있을 것 같아요.

지금도 살아오면서 한 번도 해 보지 못한 경험을 하며 즐거운 하루하루를 보내고 있지만, 모든 소녀가 한 번쯤은 그런 경험을 해도 좋겠다고 생각해요. 물론 저야 아저씨의 명령에 따르겠지만, 이렇게 부탁드려요. 제발 그곳으로 가게 해 주세요. 제가 지금까지 이렇게 간절히 부탁을 드린 적은 한 번도 없었잖아요. 미래의 대작가 제루샤 애벗이 아니라, 그저 평범한 여학생 주디가 보내는 편지입니다.

주디

6월 9일

존 스미스 씨.

7일 날짜로 편지를 받았어요. 저는 아저씨 비서의 명령대로 록윌로에서 여름을 보내기 위해 이번 금요일에 출발합니다.

안녕히 계세요.

제루샤 애벗 (양) 올림

8월 3일 록윌로 농장에서

키다리 아저씨께

저번 편지를 보내고 나서 두 달이 지났어요. 이렇게 오랫동안 소식을 전해 드리지 않으면 아저씨가 궁금해 하실 걸 잘 알지만, 사실 이번 여름에는 아저씨를 좋아할 수가 없었어요. 제가 솔직하다는 것은 아저씨도 잘 아시죠?

맥브라이드 씨네 산장으로 가는 것을 포기할 수밖에 없어서 제가 얼마나 슬퍼했는지 아저씨는 모르실 거예요. 물론 아저씨가 제 보호자이시기 때문에 누구보다도 제가 아저씨의 말을 따르는 게 당연하다는 것은 잘 알고 있어요.

하지만 저는 이해할 수가 없어요. 아무리 생각해도 제게 도움이 되는 쪽은 맥브라이드 씨네 산장이라는 생각이 들거든요. 만약 제가 아저씨고, 아저씨가 저라면 저는 이렇게 말했을 거예요.

"잘됐구나. 가서 즐겁게 놀다 오렴. 실례되는 일은 하지 않도록 주의하고, 재미있는 것도 많이 배우도록 해라. 그리고 공부에 관한 것은 잊어버리고 푹 쉬고 오너라."

그런데 아저씨는 비서를 통해 저에게 록월로로 가라고 하셨어요.

제가 이렇게 흥분하는 이유는 아저씨의 명령에는 저를 생각해 주시는 면이 조금도 없기 때문이에요.

만약 제가 아저씨를 생각하는 마음을 조금이라도 아신다면, 그 지긋지긋한 타자기로 친 비서의 편지 대신에 아저씨께서 직접 쓰신 편지를 한두 통쯤은 보내 주실 수 있다고 생각해요. 그렇게 해서 아저씨가 저를 생각해 주신다는 것을 조금이라도 알게 된다면, 저는 어떤 일을 해서라도 아저씨를 기쁘게 해 드릴 궁리를 할 거예요.

물론 제가 아저씨께 답장 받을 생각을 하면 안 되고, 오직 저만 자세한 내용이 적힌 긴 편지를 재미있게 써서 보내야 한다는 것쯤은 잘 알고 있어요. 아저씨는 처음에 하셨던 약속을 잘 지키고 계시는 거죠. 그런데 저는 아저씨의 도움으로 공부를 하고 있으면서 이렇게 답장까지 바라고 있으니, 아저씨는 제가 약속을 지키지 않는 아이라고 생각하시겠죠?

하지만 그건 제게 너무나 힘든 약속이에요. 저는 몹시 외롭거든요. 제가 이 세상에서 마음을 터놓고 이야기할 수 있는 사람은 아저씨뿐인데, 아저씨는 투명 인간처럼 볼 수도 없잖아요. 어쩌면 아저씨는 제가 상상 속에서 만들어 낸 사람일 뿐이고, 사실은 제 마음속에 그려져 있는 사람과는 전혀 다른 분인지도 모르겠어요.

그래도 언젠가 제가 몹시 아팠을 때 딱 한 번, 편지를 보내 주시기는 했죠. 저는 지금도 제가 완전히 잊힌 것 같은 기분이 들 때면 그 카드를 꺼내 소리 내어 읽곤 해요.

정작 아저씨께 하고 싶은 말은 하지 않고 딴 얘기를 많이 했네요.

사실 저는 지금도 기분이 나빠요. 거만하고, 남은 조금도 생각해 주지 않고, 무엇이든 마음대로 하는, 눈에 보이지 않는 신의 조종에 의해 움직여야 하니까 분할 수밖에요. 하지만 지금까지 제게 베풀어 주신 친절하고 인정 많은 마음씨를 떠올리면, 그런 마음은 눈 녹듯이 사라져요. 그래서 저는 아저씨를 용서하고 다시 명랑하게 생활하기로 했어요. 그래도 샐리에게서 산장에서 즐겁게 지낸다는 편지를 받으면 여전히 우울해지는 건 사실이에요.

이제 이 일은 훌훌 털어 버리고 새로운 기분으로 다시 시작해야겠어요.

이번 여름은 글을 쓰며 보내고 있어요. 벌써 단편 소설 네 편을 완성해서 각각 다른 잡지사로 보냈어요. 이제 아저씨는 제가 작가가 되기 위해 열심히 노력한다는 것을 아시겠죠?

저는 이곳에서 저비스 도련님이 어렸을 때 비가 오면 놀이방으로 쓰던 다락방을 작업실로 쓰고 있어요. 두 개의 창문으로 바람이 솔솔 불어오는 시원하고 아늑한 곳이랍니다. 그리고 구멍 속에 다람쥐 가족이 살고 있는 단풍나무가 시원한 그늘을 드리워 주지요.

다음에는 좀 더 멋지게 편지를 쓰고 농장 소식도 많이 알려 드릴게요.

비라도 한 차례 내렸으면 좋겠어요.

언제나 변치 않는 아저씨의 주디

8월 10일

키다리 아저씨께

저는 지금 근처 숲에 있는 버드나무 가지 위에 앉아서 이 편지를 쓰고 있어요. 발밑에서는 개구리가 개굴개굴 울고 있고 머리 위에서는 매미가 시원하게 노래를 해요. 또 제 옆에서는 작은 다람쥐 한 쌍이 나뭇가지를 오르락내리락하며 바쁘게 움직이고 있지요.

저는 벌써 한 시간이나 이곳에 앉아 있었어요. 큼지막한 방석을 두 개나 깔고서 말이에요. 아주 근사한 소설을 쓰기 위해 여기로 왔는데, 주인공을 만들기가 생각처럼 쉽지 않아요. 그래서 그건 다음에 하기로 하고, 아저씨께 편지를 써야겠다고 생각했죠. 하지만 그것도 그리 쉬운 일은 아니에요. 아저씨 역시 제 생각대로 할 수 없는 분이니까요.

만약 아저씨가 그 복잡하고 어지러운 뉴욕에 살고 계신다면, 산들바람이 시원하게 불어오는 아름다운 이곳을 잠깐이라도 보여 드리고 싶어요. 일주일 동안 비가 내린 뒤의 농장은 마치 한 폭의 수채화 같아요.

비가 내린 일주일 동안 저는 다락방에서 스티븐슨 전집을 읽으면서 시간을 보냈어요. 1만 달러나 되는 아버지의 유산으로 요트를 사서 남태평양 군도를 여행하다니 정말 멋진 일이에요. 그는 모험을 하겠다는 자기 꿈을 실천한 셈이잖아요.

만약 제 아버지가 1만 달러의 유산을 남겨 주셨다면, 저도 그렇게 했을 거예요. 베일리마(스티븐슨이 남태평양 사모아 섬에 세운 집의 이름)를 생각하기만 해도 가슴이 벅차올라요. 정말이지 열대 지방에도 가 보고 싶고, 세계 일주도 하고 싶어요. 아니, 언젠가는 반드시 갈 거예요. 대작가나 화가나 아니면, 극작가나 배우, 무엇이든지 유명한 사람이 되면 반드시 갈 거예요. 저는 여행에 관심이 많아서 지도를 보기만 해도 모자를 쓰고 우산을 꺼내 밖으로 나가고 싶어지거든요.

저는 꼭 죽기 전에 남태평양의 야자수와 사원을 구경할 거예요.

노을이 지는 무렵에 목요일 저녁 현관 계단에서

이 편지에 새로운 소식을 쓰는 일은 정말 어려운 일이지만, 아저씨가 원하실 테니 써야겠죠.

지난 화요일에 농장에서 키우는 새끼 돼지 아홉 마리가 개울을 건너 도망쳤는데, 여덟 마리밖에 돌아오지 않았어요. 함부로 다른 사람을 의심하면 안 되지만, 아무래도 그 한 마리는 다우드 부인 집에 있는 것 같아요.

그리고 위버 씨는 헛간과 건초 창고를 호박색으로 번쩍번쩍하게 칠하셨어요. 기분 나쁜 색이에요. 하지만 그분은 그렇게 해야 칠이 오래간다고 하셨어요.

이번 주에는 브루어 씨 댁에 손님이 온다고 하셨어요. 오하이오 주에 사는 부인의 여동생과 두 조카가 방문하신대요.

이 농장에 있는 로드아일랜드레드종 암탉이 달걀 열다섯 개를 품었는데, 병아리가 된 것은 겨우 세 개뿐이었어요. 무엇 때문인지는 잘 모르겠지만, 제 생각으로는 로드아일랜드레드종보다는 버프오핑턴종이 훨씬 나은 것 같아요.

그리고 보니리그 사거리에 있는 우체국에 새로 온 사람이 7달러나 하는 자메이카 생강술을 모조리 마셔 버렸다는 것이 밝혀졌어요.

아이라 해치 할아버지는 류머티즘 때문에 이제 움직일 수 없으세요. 그런데 더 딱한 것은 젊었을 때 저축을 한 푼도 해 놓지 않으셔서 지금은 마을 사람들에게 신세를 지며 생활하고 계시다는 거예요.

이번 토요일 저녁, 마을 학교에서 아이스크림 파티가 있었는데, 가족과 함께 참석하시는 건 어떠세요?

저는 28센트를 주고 산 새 모자를 쓰고 있어요. 이 그림은 최근의 제 모습이에요. 건초를 치우러 가는 중이죠.

날이 점점 어두워져서 글씨가 잘 보이지 않네요. 마을 뉴스는 모두 끝났으니까 편지도 이만 줄여야겠어요. 안녕히 주무세요.

주디

금요일

안녕하세요? 새로운 소식이 있어요. 록윌로에 누가 온대요. 아저씨는 아마 짐작도 못 하실 거예요.

셈플 부인 앞으로 펜들턴 씨가 편지를 보내셨어요. 펜들턴 씨는 버크셔 지방을 여행하는 중이신데, 지쳐서 조용한 이곳에서 좀 쉬고 싶다고 하셨대요. 아무 때나 가도 즉시 방을 준비해 줄 수 있느냐고 물어보셨대요. 여기서 얼마나 계실지는 지내보고 결정을 내리겠다고 하셨고요.

그래서 농장은 한바탕 소동이 벌어졌어요. 대청소를 하고 커튼도 깨끗하게 세탁해 놓았죠. 저는 현관을 닦을 기름 헝겊과 뒤 계단을 칠할 갈색 페인트 두 통을 사러 마차를 타고 사거리까지 갔어요. 다우드 아주머니는 내일 창문을 닦으러 오시고요. 이렇게 한바탕 소동이 일어나자, 새끼 돼지가 없어진 일은 완전히 뒷전으로 밀려 버렸어요. 농장 사람들이 이렇게 소란을 피우는 것을 보고 지금까지는 꽤 지저분하게 살았을 것이라고 생각하실지 모르지만, 그렇지는 않아요. 언제나 가정부가 깨끗하게 청소를 해 둔답니다.

아저씨, 펜들턴 씨가 정말 남자답다고 생각하지 않으세요? 그분이 오늘 도착할지, 2주일 뒤에 도착할지 말하지 않은 것 말이에요. 그분이 도착하실 때까지 우린 늘 긴장하면서 지내야 돼요. 빨리 오시지 않으면, 저희는 한 번 더 대청소를 해야 할지도 몰라요.

아래층에서 애머사이가 그로브를 마차에 묶고 기다리고 있어요. 하지만 저 혼자 타고 갈 거예요. 아저씨가 만약 늙은 그로브를 보신다고 해도 저의 안전은 걱정하지 않으셔도 될 거예요.

가슴에 손을 얹고 맹세하며, 안녕히 계세요.

주디

추신

마지막 말이 근사하지 않나요? 스티븐슨의 소설을 흉내 내어 봤답니다.

토요일

안녕하세요.

집배원 아저씨는 하루에 한 번, 점심때 오시기 때문에 편지를 더 쓰기로 했어요. 어제 집배원 아저씨가 오실 때까지 편지를 봉투에 넣지 않았거든요.

시골의 집배원 아저씨는 마을 사람들에게 매우 고마운 분이세요. 편지를 배달해 주실 뿐 아니라, 한 번에 5센트만 내면 여러 가지 마을의 심부름도 해 주시거든요. 어제는 10센트를 드리고 구두끈과 콜드크림, 하늘색 넥타이와 구두약을 사다 달라고 부탁했어요. 햇볕에 그을려서 코끝의 피부가 벗겨졌거든요.

이렇게 주문을 많이 했는데도 모두 들어주셨어요.

펜들턴 씨는 아직 오지 않으셨어요. 이 농장이 얼마나 깨끗한지, 그리고 저희가 집 안으로 들어가기 전에 얼마나 열심히 신발을 닦는지 보여 드리고 싶은데 말이에요.

펜들턴 씨가 빨리 오셨으면 좋겠어요. 저는 이야기할 상대가 필요하거든요. 솔직히 말하면, 셈플 부인과 있으면 따분해요. 부인은 혼자서만 이야기하시고, 잠깐이라도 말을 멈추고 생각하시는 적이 없거든요. 이곳 사람 대부분이 그렇긴 하지만요.

그것도 그럴 것이 이곳 사람들의 세계는 이 작은 언덕뿐이거든요. 그래서 생각하는 폭이 좁은 것 같아요.

존 그리어 고아원에 있는 것과 똑같다는 것이 정확한 표현일 거예요. 그곳에서는 저희 생각이 철사로 감은 주위의 담장에 의해 묶여 있었거든요. 다만 그때는 제가 어린아이였고, 눈코 뜰 새 없이 바빴기 때문에 그런 것에는 조금도 신경 쓸 틈이 없었지요. 자기가 담당한 침대를 깨끗이 정리해야 되고, 아이들의 얼굴을 씻겨 줘야 하고, 학교에서 돌아오면 다시 아이들을 씻기고 구멍 난 양말을 꿰매고, 프레디 퍼킨스의 바지를 기워야 했으니까요. 그 아이는 바지 찢기 명수였어요. 겨우 모든 일을 끝내고 저녁 늦게 학교 공부를 시작하려고 의자에 앉으면 어느새 저는 꾸벅꾸벅 졸 수밖에 없었어요. 그래서 제가 세상과 동떨어져 생활하고 있다는 생각 따위는 할 틈이 없었죠.

그런데 친구들과 함께 지내다 보니 이제는 말 상대가 없으면 정말 외롭다는 생각을 하게 돼요. 그래서 저는 말이 통하는 사람을 만나면 정말 기뻐요.

아저씨, 이제 그만 써야겠어요. 요사이에는 제게 특별한 일이 생기지 않았거든요. 다음에는 좀 더 긴 편지를 쓰도록 노력할게요.

언제나 변함없는 주디

추신

올해는 양상추가 잘 자라지 않았어요. 한참 자라야 할 시기에 비가 안 와서 그런가 봐요.

8월 25일

아저씨, 드디어 펜들턴 씨가 오셨어요. 어느 때보다 즐겁고 행복한 날을 보내고 있어요. 적어도 저는 그래요. 아마 그분도 그러실 거예요. 오신 지 열흘이나 되었는데, 아직도 돌아가실 생각을 안 하세요. 솀플 부인이 그분을 애지중지하는 모습은 정말 보기 거북해요. 어려서 그렇게 어리광 부리던 소년이 어떻게 지금처럼 멋진 분이 되셨는지 모르겠어요.

그분과 저는 식사 시간이 되면, 작은 식탁을 들고 옆 현관으로 가기도 하고 나무 밑으로 가기도 해요. 그러다가 비가 오거나 추울 때에는 가장 좋은 장소를 찾아 응접실까지 가기도 하지요. 그분이 어떤 곳에서 식사를 하시겠다고 장소를 정하면, 캐리가 뒤에서 식탁을 그곳으로 옮기거든요. 그리고 가끔 접시를 먼 곳까지 날라야 할 경우에는 반드시 설탕 항아리 밑에 1달러가 놓여 있어요.

그분은 매우 따뜻하고 붙임성 있는 분이에요. 겉으로는 전혀 그렇게 보이지 않지만요. 첫인상은 펜들턴가 사람처럼 보이지만, 사실은 전혀 그렇지 않아요. 남자를 이런 식으로 표현하는 것이 우스꽝스러울지도 모르지만 정말 겸손하고 꾸밈도 없고 상냥한 분이세요. 그분은 농장과 주변 사람들에게 무척 자상하세요. 잘난 척하지 않으시기 때문에, 사람들의 마음을 편하게 해 주시죠. 마을 사람들도 처음에는 그분을 매우 의심했어요. 그분의 복장이 마음에 들지 않았거든요. 그분의 복장은 매우 특이해요. 짧은 바지에 주름 잡힌 재킷을 입거나 헐렁한 승마복을 입어요.

그분이 무언가 색다른 옷을 입고 내려오면 셈플 부인은 언제나 싱글벙글 웃으며 대견하다는 듯이 그분 주위를 맴돌면서 앉을 때 옷이 구겨지지 않도록 조심하라는 식의 잔소리를 해요. 그럴 때면 그분은 언제나 이런 말씀을 하시죠.

"리지, 빨리 가서 일이나 하세요. 언제나 저를 마음대로 조종하려 하시지만, 그만 단념하세요. 이젠 저도 어른이에요."

펜들턴 씨도 아저씨처럼 다리가 길어요. 키다리에 멋있는 분이 어렸을 때 셈플 부인의 무릎에 안겨서 세수를 하는 모습을 상상하면, 저절로 웃음이 나와요. 부인의 무릎을 보면 더욱 우스워요. 부인은 지금 무릎이 두 겹에다, 턱은 세 겹이 될 정도로 살이 찌셨으니까요. 하지만 펜들턴 씨의 말에 따르면, 옛날에는 늘씬했고 달리기도 그분보다 더 빨랐대요.

저는 요즘 여러 가지 모험을 하고 있어요. 마을 구석구석을 탐험하기도 하고, 깃털로 재미있게 만든 작은 제물낚시로 고기를 낚는 방법도 배우고 총 쏘는 방법과 말을 타는 법도 배웠어요. 요새는 비틀거리던 그로브까지 모두들 깜짝 놀랄 정도로 기운을 내고 있답니다. 3일 동안 귀리(식용이나 가축의 먹이로 사용하는 보리의 일종)만 먹였더니 송아지를 보고 놀라서는 저를 태운 채 정신없이 도망을 쳤지 뭐예요?

수요일

 월요일 점심 식사를 마치고 저희는 스카이 산에 올라갔어요. 이 근처에 있는 산인데, 그렇게 높지는 않아요. 눈이 쌓여 있지는 않았는데, 꼭대기까지 올라가니까 숨이 차고 힘들었어요. 산기슭은 숲이었지만, 꼭대기는 바위만 있는 넓은 황무지였어요. 저희는 해가 저무는 황혼을 구경하고 나서 저녁 준비를 했어요. 펜들턴 씨는 저보다 요리를 훨씬 더 잘할 수 있다면서 저녁 식사를 준비하셨어요. 그분은 캠핑을 자주 다니셔서, 요리도 아주 잘하세요.

 어둑어둑해지자 저희는 달빛에 의지하며 산을 내려왔어요. 숲은 앞이 안 보일 정도로 어두웠지만, 그분이 호주머니에서 손전등을 꺼내 비추어 주셨어요. 짧은 시간이었지만, 정말 재미있었어요. 내려오면서도 그분이 여러 가지 이야기를 들려주셨는데, 너무 웃어서 무서운 줄도 몰랐어요.

 그분은 지금까지 제가 읽은 책은 말할 것도 없고, 다른 책들도 많이 읽으셨어요. 너무나 많은 것을 알고 계셔서 속으로 깜짝 놀랐어요.

 오늘 아침에는 소풍을 갔다가 비바람을 만났어요. 집에 도착했을 때에는 두 사람 모두 온몸이 거의 다 젖어 있었어요. 하지만 기분은 좋았답니다. 저희가 물방울을 뚝뚝 떨어뜨리며 부엌으로 들어갔을 때 셈플 부인이 놀라시던 얼굴을 보여 드려야 하는데…….

"어머나, 저비스 도련님, 주디 양. 두 사람 다 어떻게 된 거예요? 이걸 어쩌나. 새 외투가 완전히 누더기가 되어 버렸잖아요."

호들갑스러운 그녀의 모습은 정말 우스웠어요. 마치 저희는 열 살 된 어린아이이고 부인은 철없는 아이를 둔 엄마 같았어요. 그래서 저는 잠깐 동안 혹시 커피를 마실 때 잼을 못 먹게 하는 것이 아닌가 하고 걱정하기도 했답니다. 하지만 그런 일은 없었어요.

토요일

이 편지는 오래전에 시작했지만, 끝맺을 틈이 없었네요.

지금은 일요일 밤 열한 시쯤 됐어요. 아저씨는 제가 지금쯤 잠자리에 들었을 것이라고 생각하시겠지만, 커피를 너무 진하게 마신 탓인지 잠이 오질 않아요.

오늘 아침에 셈플 부인이 펜들턴 씨께 이렇게 말씀하셨어요.

"열한 시까지 교회에 도착하려면 10시 15분에는 집을 나서야 하니까 서두르세요."

"알았어요, 리지. 마차나 준비하세요. 만약 내가 옷 갈아입는 시간이 오래 걸리면, 기다리지 말고 먼저 출발하세요."

펜들턴 씨는 그렇게 대답했어요.

"늦어도 기다리고 있을 거예요."

"마음대로 하세요. 하지만 말을 너무 오랫동안 기다리게 하지 않는 게 좋을 거예요."

그렇게 말하고 펜들턴 씨는 셈플 부인이 옷을 갈아입는 사이에 캐리에게 도시락을 준비하게 하고, 저에게는 산책 나갈 옷으로 갈아입으라고 말씀하셨어요. 그리고 저희는 뒷문으로 살그머니 빠져나가 낚시를 갔죠.

결국 저희의 이 행동은 집 안 사람들에게 매우 큰 피해를 끼치고 말았어요. 록윌로 농장에서는 일요일마다 두 시면 모두 모여 식사를 하는데, 그분은 그것을 일곱 시로 늦추라고 말씀하셨거든요. 그분은 늘 자기 기분 내키는 대로 식사 시간을 정하세요. 마치 여기를 음식점이라고 생각하시는 것 같아요. 그 바람에 캐리와 애머사이는 드라이브도 나갈 수 없었어요. 그러니까 큰 피해죠.

가엾게도 셈플 부인은 일요일에 낚시를 하는 사람은 죽어서

펄펄 끓는 뜨거운 지옥으로 떨어진다고 믿고 계세요. 부인은 그분이 어렸을 때 확실하게 가르치지 못한 것을 상당히 후회하고 계시거든요. 게다가 부인은 그분을 교회로 모시고 가서 모두에게 자랑하고 싶었는데, 물거품이 되자 더욱 실망하셨죠.

어쨌든 저희는 잡은 물고기를 모닥불에 구워 점심으로 먹었어요. 물고기는 꼬챙이에 꿰어서 불에 직접 구웠기 때문에 재투성이였지만 무척 맛있었어요. 그래서 둘이 남김없이 다 먹어 치워 버렸지요.

네 시쯤에 집으로 돌아가기 위해 짐을 싸고 다섯 시까지 드라이브를 하다가 집에 돌아와 일곱 시에 저녁 식사를 마쳤어요. 그리고 열 시에 잠자리에 누웠어요. 그리고 지금 침대에 엎드려 아저씨께 편지를 쓰고 있는 거예요. 슬슬 눈이 감기네요.

안녕히 주무세요.

이것은 제가 잡은 물고기 그림이에요.

'이봐, 키다리 선장.

기다려! 멈추라고! 야, 이봐! 독한 럼주 한 병 가져와!'

지금 제가 무엇을 읽고 있는 것 같으세요? 이틀 동안 펜들턴 씨와 저는 바다와 해적에 관한 이야기를 나누었어요. '보물섬'은 정말 재미있어요. 아저씨도 읽어 보셨나요? 혹시 아저씨가 어렸을 때 이 책이 나오지 않았나요? 스티븐슨은 이 책으로 겨우 30파운드밖에 벌지 못했대요. 대작가가 되어도 돈을 많이 벌지는 못하나 봐요. 차라리 학교 선생님이 되는 편이 낫겠어요.

저는 이 편지를 2주에 걸쳐서 쓰고 있어요. 제 생각으로는 이 정도면 충분한 분량인 것 같지만, 자세하게 쓰여 있지 않다고 기분 나빠 하지 않으셨으면 좋겠어요.

아저씨도 이곳에서 저와 함께 이 즐거움을 누릴 수 있으셨으면 좋겠어요. 가끔 저는 제가 아는 분들이 서로 알고 지내면 얼마나 좋을까 하는 생각을 해요. 저는 펜들턴 씨에게 뉴욕에 계신 아저씨를 아시는지 물어볼 생각이에요. 아마 알고 계실 거예요. 틀림없이 아저씨는 그분과 같은 상류 사회의 분일 테고, 두 분 다 사회를 좋게 만드는 데 흥미가 있으실 테니까요. 아, 그런데 저는 아저씨의 이름조차도 모르네요. 그것을 깜빡 잊어버렸어요. 아무래도 물어보지 못할 것 같네요. 리펫 선생님이 아저씨는 특이한 분이라고 말씀하신 적이 있는데 저도 그렇게 생각해요.

사랑을 담아서 주디

9월 10일

아저씨.

그분이 떠나셨어요. 너무 쓸쓸해서 무엇을 하면 좋을지 모르겠어요. 사람들, 생활 방식들, 장소들이 모두 어렵게 익숙해졌는데 제게서 다시 멀리 떠나 버린 것 같은 느낌이에요. 셈플 부인과 나누는 이야기는 마치 간이 맞지 않는 음식처럼 싱겁게 느껴져요.

앞으로 2주일 정도 지나면 개강이에요. 또 공부를 시작해야죠. 올여름에는 꽤 많은 글을 썼어요. 단편 소설 여섯 편과 시 일곱 편을 썼으니까요. 원고들을 여러 잡지사에 보냈는데, 모두 되돌아왔어요. 하지만 저는 아무렇지도 않아요. 좋은 연습이 되었으니까요.

펜들턴 씨는 제 원고를 읽고는 모두 좋지 않다고 말씀하셨어요. 그분이 우편물을 받기 때문에 숨길 수가 없었거든요. 그분은 제 원고가 대체 무슨 내용을 쓴 것인지 전혀 이해할 수가 없다고 말씀하셨어요. 펜들턴 씨는 진실을 이야기할 때에는 조금도 주저하지 않으세요. 하지만 대학 생활을 쓴 마지막 것은 나쁘지 않다면서 타자기로 쳐 주셨어요. 그래서 저는 그 원고를 다른 잡지사로 보냈답니다.

잡지사로 보낸 지 2주일 정도 되었으니 지금쯤 잡지사에서는 원고를 읽어 보고 어떻게 할까 생각하고 있겠죠.

이곳의 하늘을 아저씨께 보여 드리고 싶어요. 오렌지색으로 변한 햇빛이 모든 것을 환히 비춰 주고 있어요. 곧 태풍이 불어 올 거예요.

목요일

아저씨, 키다리 아저씨, 지금 집배원 아저씨가 편지 두 통을 가지고 왔어요.

한 통에는 제 소설이 자그마치 50달러에 팔렸다는 소식이 들어 있었어요. 아! 저도 이제 드디어 작가가 되었어요.

또 한 통에는 대학에서 앞으로 기숙사비 2년치와 학비를 포함한 장학금을 제게 지급하겠다는 내용이 들어 있었지요. 어떤 분이 성적이 좋고 특히 '국어가 우수한 학생'들을 위해 만든 장학금이래요. 제가 그것을 받게 되었어요. 이곳으로 오기 전에도 말했지만, 1학년 때 수학과 라틴 어 성적이 나빴기 때문에 장학금을 받을 수 있으리라고는 생각도 못했어요.

 이제 아저씨께 폐를 끼치지 않게 돼서 정말 기뻐요. 앞으로 매달 용돈만 보내 주시면 돼요. 저도 소설을 쓰거나 가정 교사를 해서 돈을 벌 수 있을 테니까요.

 빨리 대학으로 돌아가 열심히 공부하고 싶어요.

 언제나 변함없는 제루샤 애벗

3학년이 되어서

9월 26일

키다리 아저씨께

다시 대학으로 돌아왔어요. 이제는 상급생이에요. 저희의 공부방은 예전보다 훨씬 더 좋아졌어요. 남쪽으로 커다란 창문이 두 개나 있고 장식도 무척 훌륭해요.

새 벽지, 동양풍의 카펫, 그리고 마호가니 의자……. 작년까지 저희가 자랑삼아 사용했던 마호가니색을 칠한 의자가 아니라, 진짜 마호가니 의자랍니다. 너무 멋져서 좀처럼 친근감이 느껴지지 않을 정도예요. 혹시 잉크라도 엎지르지 않을까 늘 조마조마해요.

그리고 아저씨, 아저씨의 편지……. 아, 비서에게서 온 편지가 저를 기다리고 있었어요.

왜 장학금을 받으면 안 된다고 하시는 거죠? 제가 이해할 수 있게 이유를 설명해 주세요. 무엇 때문에 장학금을 받는 것을 반대하시는지 이해할 수가 없어요. 그런데 이제는 엎질러진 물이에요. 이미 저는 장학금을 받았고, 생각을 바꾸지 않을 거예요. 이렇게 말씀드리면 건방지다고 생각하실지 모르지만, 절대 그런 뜻에서 말씀드린 것은 아니에요.

아마 아저씨께서 저를 교육시키겠다고 결정하셨을 때, 제 교육은 졸업장을 받을 때까지라고 생각하셨을 거예요. 그런데 제 입장이 되어서 생각해 보시고 기분 나쁘게 듣지 않으셨으면 좋겠어요. 용돈은 전과 마찬가지로 감사하는 마음으로 받을 거예요. 줄리아나 이 방 분위기에 뒤떨어지지 않게 생활하기 위해서라도 용돈이 꼭 필요해요. 줄리아가 좀 더 검소하게 자랐다든지 저하고 같은 방을 쓰지 않는다든지 하면 또 모르지만요.

이건 도저히 편지 같지가 않네요. 아직도 쓸 것이 무지무지 많은데 말이죠. 조금 전까지는 커튼 4장과 칸막이 커튼 3장의 테두리를 바느질하고, 치약으로 놋쇠로 만든 책상을 닦았어요. 그 서투른 바느질 솜씨를 아저씨가 보시지 않아서 정말 다행이라고 생각해요. 정말 힘든 일이었어요. 가위로 액자를 벽에 걸 때 쓸 철사를 끊고, 상자 네 개에 잔뜩 들어 있던 책을 꺼내고,

트렁크 두 개에 가득 들어 있는 옷을 정리하고 그 사이사이 학교로 돌아온 친구들과 인사를 하느라 정말 바빴어요. 제루샤 애벗에게 트렁크 두 개에 가득 찰 만큼 옷이 있다는 게 믿어지세요? 하지만 정말 옷이 그만큼 있어요.

개강하는 날은 정말 즐거워요.

안녕히 주무세요, 아저씨. 병아리가 스스로 먹이를 찾아다니기 시작했다고 해서 너무 걱정하지 마세요. 이제부터 병아리는 울음소리도 힘차고 아름다운 깃털도 잔뜩 가진, 매우 건강하고 멋진 암탉으로 자랄 테니까요. 이 모든 것이 다 아저씨 덕분이에요.

사랑을 남아서 주디

9월 30일

아저씨께

아직도 장학금에 관해서 신경 쓰고 계시나요? 저는 지금까지 아저씨처럼 고집이 세고, 이해심 없고, 사람 말을 못 알아듣는 사람은 본 적이 없어요.

아저씨는 제게 모르는 사람한테 신세를 지면 안 된다고 하셨지만, 모르는 사람이라고요? 그런 말씀을 하시는 아저씨는 어떻죠? 제게 있어서, 아저씨만큼 잘 모르는 사람이 이 세상에 또 있을까요? 길에서 만난다고 해도 아저씨를 알아볼 수 없어요. 만약 아저씨가 너그러운 분이시라면, 아버지처럼 따뜻한 편지를 보내 주신다거나 가끔씩 저를 찾아오셔서 머리를 쓰다듬으시며 멋진 여학생으로 자라서 기쁘다고 한마디 격려라도 해 주실 수 있는 것 아닌가요? 만약 그렇게 해 주신다면 저도 나이 드신 어른인 아저씨를 곤란하게 하는 일은 절대로 하지 않을 거예요. 오히려 얌전한 소녀가 되어 아저씨의 어떤 소망이라도 모두 들어 드릴 거예요.

아저씨는 정말 이해할 수 없는 분이세요. 아저씨는 얼굴을 알리지 않으시는, 스미스라는 이름을 가진 분이시죠.

장학금은 포기할 수 없어요. 그런데도 계속 장학금을 포기하라고 하신다면 다달이 보내 주시는 용돈도 받지 않겠어요. 머리가 나쁜 1학년의 가정 교사라도 할 거예요. 어쩌면 기진맥진할 때까지 일하다가 신경 쇠약에라도 걸려 버릴지 모르죠. 이것이 저의 마지막 대답이에요.

그리고 제게 좋은 생각이 있어요. 제가 학교에서 주는 장학금을 받는 대신 제게 보내 주시던 그 교육비를 존 그리어 고아원의 다른 소녀에게 주시면 어떻겠어요? 좋은 생각이지요? 다만 그 소녀를 교육시키시는 것은 좋은데, 저보다 그 소녀를 더 좋아하실까 걱정이지요.

아저씨 비서의 편지에 씌어 있는 명령을 제가 따르지 않았다고 화를 내지 않으셨으면 좋겠어요. 화를 내셔도 어쩔 수 없지만요. 아저씨의 비서는 너무 자기 마음대로예요. 지금까지는 그분의 명령을 얌전히 받아들였지만, 이번만큼은 절대로 받아들일 수 없어요.

결코 생각을 바꾸지 않고 결심대로 나갈 제루샤 애벗

11월 9일

키다리 아저씨께

오늘은 시내로 나가서 구두약 한 개, 칼라 세 개, 이번에 새로 만들 블라우스 재료, 바이올렛크림 한 병, 세숫비누 한 개를 사 왔어요. 모두 꼭 필요한 것이에요. 그런데 시내로 나가는 전차를 타자마자 지갑을 다른 외투 안에 넣어 두고 그냥 나온 것이 생각나지 뭐예요? 하는 수 없이 전차에서 내려 다음 전차를 탔어요. 결국 체육 시간에 지각을 하고 말았지요.

돈이 없는 것도 외투가 두 벌인 것도 모두 피곤한 일인 것 같아요.

줄리아 펜들턴이 크리스마스 방학 때 저를 자기 집으로 초청했어요. 아저씨 생각은 어떠세요? 존 그리어 고아원에서 자란 제루샤 애벗이 부자들이 모인 식탁에 함께 앉는 거예요. 줄리아가 왜 저를 초청했는지 모르겠어요. 요즘 들어 줄리아는 저와 가까워지려고 노력하는 것 같아요. 사실 저는 샐리의 집에 가는 것이 훨씬 더 좋지만, 줄리아가 먼저 초청했기 때문에 우스터가 아닌 뉴욕으로 가야 할 것 같아요. 그런데 펜들턴 씨 가족들을 생각하면 어쩐지 주눅이 들어요. 드레스도 많이 준비해야 하고……. 그러니까 아저씨, 만약 제가 기숙사에 남아서 조용히 방학을 보내는 것이 좋겠다고 생각하시면 편지를 보내 주세요. 그러면 여느 때처럼 얌전하게 명령에 따를 테니까요.

저는 요새 틈틈이 토머스 헉슬리(영국의 동물학자, 다윈의 친구이며 다윈의 '진화론'을 지지한 사람)의 문학과 일생을 읽고 있어요. 이 책은 시간이 날 때마다 잠깐씩 펼쳐 보기에 아주 좋은 책이에요.

아저씨는 '시조새'에 관해 아시나요? 조류와 파충류의 중간쯤 되는 새이지요. 그리고 스테레오그네타스는요? 확실하지는 않지만, 이가 있는 새나 날개 있는 도마뱀 같은, 오늘날에는 볼 수 없는 동물이라고 생각해요. 아, 그게 아니었네요. 지금 책을 보니까 중생대(2억 3000만 년 전부터 6600년 전까지의 공룡이 번성

했던 시대)의 포유동물이네요.

올해에는 경제학을 신청했어요. 정말 도움이 되는 과목이라고 생각해요. 이것이 끝나면 자선 사업과 범죄자나 비행 청소년들의 환경을 개선하는 감화 사업을 공부할 거예요. 이 과목들을 공부하면 고아원을 잘 경영할 수 있는 방법을 알게 될 거예요.

아저씨, 만약 제게 선거권이 있다면 멋진 유권자가 될 것이라고 생각하지 않으세요? 저는 지난주부터 스물한 살이 되었어요.

주디가

12월 7일

키다리 아저씨께

뉴욕으로 가는 것을 허락해 주시다니 고맙습니다. 답장이 없다는 것은 허락해 주신 거라고 생각해도 되겠지요?

지난주에는 개교기념일 축하 댄스파티가 있었어요. 상급생만 참석할 수 있는데, 저희도 올해는 참석할 수 있었어요.

저는 지미 맥브라이드를 초대했어요. 샐리는 프린스턴 대학에서 지미 오빠와 같은 방을 쓰는, 지난여름에 캠프에 왔던 오빠 친구를 초대했어요. 빨간 머리에 붙임성이 좋은 사람이에요.

줄리아는 뉴욕에서 어떤 사람을 불렀어요. 그 사람은 데라마터 치체스터가의 친척이래요. 아저씨는 혹시 아실지도 모르지만, 저는 한 번도 들어 본 적이 없는 가문이에요.

어쨌든 저희를 만나러 온 손님들은 금요일 오후에 4학년 식당에서 차를 마시고 저녁 식사를 마친 뒤, 즉시 호텔로 달려갔어요. 그런데 호텔이 만원이어서 당구대 위에서 잠을 잤대요. 지미는 다음에 또 초대를 받으면 애디론댁에서 사용하던 텐트를 가지고 와서 교정에 설치하고 거기서 자겠다고 했어요.

다음 날 아침에는 합창 대회가 있었어요. 이날 부르기로 되어 있던 노래는 새로 작곡한 곡이었어요. 새로운 노래의 노랫말을 쓴 사람이 누군지 아세요? 바로 저예요. 아저씨께서 돌보아 주시던 조그마한 고아가 이제는 학교에서 꽤 알려진 인물이 되었어요.

어쨌든 그 화려한 이틀 동안은 정말 신이 났어요. 저희가 초대한 프린스턴 대학생 두 명도 매우 즐거운 모습이었어요. 두 사람 다 무척 즐거웠다며 내년 봄에 열릴 학교 댄스파티에 저희를 초대해 주었어요. 저희는 기꺼이 초대에 응했죠. 아저씨, 부디 이것만은 반대하지 말아 주세요.

줄리아와 샐리와 저는 모두 새 드레스를 입었어요. 줄리아의 드레스는 크림색 비단에 금실로 수를 놓고 보라색 난초로 장식한 옷이었어요. 파리에서 만들었고 백만 달러나 줬다는데 그렇게 예쁜 드레스는 처음 봤어요.

샐리의 드레스는 연푸른색 천에 페르시아 자수를 놓은 옷이었는데, 빨간 머리에 무척 잘 어울렸어요. 백만 달러짜리는 아니었지만, 줄리아의 드레스에 뒤지지 않을 정도로 멋졌어요.

제 드레스는 연분홍색 비단에 갈색 레이스를 달고 장미 모양으로 수를 놓은 옷이었는데, 거기에 지미 오빠가 준 새빨간 장미를 달았어요. 샐리가 지미 오빠에게 제가 좋아하는 색을 이야기했대요. 세 사람 모두 비단 양말에 비단 실내화를 신고 각각의 드레스에 어울리는 스카프를 맸어요.

이렇게 자세한 여자의 옷차림 설명은 처음 들으셨죠?

그건 그렇고 다음 이야기를 계속할게요. 요즘에 제가 발견한 비밀을 말해 드릴 텐데, 절대로 제가 잘난 척한다고 생각하시면 안 돼요. 그럼 말씀드릴게요.

제가 예쁘다는 사실이에요. 정말이라니까요. 방 안에 거울이 세 개나 있는데, 이 사실을 발견하지 못한다면 그 사람은 바보가 아닐까요?

아저씨의 친구가

12월 20일

키다리 아저씨께

 지금은 시간이 조금밖에 없어요. 수업 두 과목을 듣고 나서 트렁크와 여행 가방에 여러 가지 물건을 챙긴 뒤 네 시에 출발하는 기차를 타야 하거든요. 그런데 아저씨가 보내 주신 크리스마스 선물을 받고 얼마나 기뻤는지를 알려 드리지 않고는 도저히 교문을 나갈 수가 없어서 편지를 쓰고 있는 중이에요.

 모피와 목걸이, 리버티 스카프, 장갑, 손수건, 책, 지갑 모두 제 마음에 꼭 들어요. 그런데 저는 그 무엇보다도 아저씨가 가장 좋아요. 하지만 아저씨, 언제나 이런 식으로 저를 응석받이로 만드시면 곤란해요. 평범한 소녀인 제가 아저씨께 이렇게 많은 것을 받고 그쪽에만 신경을 쓰면 공부에 전념할 수 없으니까요.

 존 그리어 고아원의 평의원님들 중에서 해마다 크리스마스 트리를 보내고 일요일이면 아이스크림을 먹게 해 주셨던 분이 누구이셨는지 이제야 알 것 같아요. 그분은 늘 이름을 밝히지 않으셨지만, 선물하시는 방법으로 짐작해 보니 누구이셨는지 금방 알 수 있었어요. 아저씨는 착한 일을 많이 하셔서 행복하게 사실 거예요. 그럼 안녕히 계세요. 크리스마스 즐겁게 보내시고요.

주디

추신

저도 대단한 것은 아니지만 기념품을 보냅니다. '아저씨께서 저를 보시고 나서도 좋아하실까……?'라는 생각을 해 봤어요.

1월 11일

뉴욕에 도착하면 편지를 쓸 생각이었는데, 그곳에 마음을 빼앗겨서 편지를 쓸 틈이 없었어요. 죄송해요, 아저씨.

그곳은 정말 크고 으리으리한 곳이었고, 거기서 정신없이 바쁜 시간을 보냈어요. 하지만 제가 펜들턴가의 사람이 아닌 것은 정말 다행이라고 생각했어요. 오히려 존 그리어 고아원 출신이라는 것이 훨씬 더 나아요.

제가 자란 환경에 관해서 조금도 열등감을 느낄 필요가 없었어요. 학교로 돌아오는 급행열차를 탈 때까지 저는 숨도 제대로 쉴 수 없었거든요. 그곳의 가구는 모두 예술품처럼 조각이 되어 있어 세련되고 훌륭한 것들뿐이었고, 그곳에 계시는 분들도 모두 아름다운 드레스를 입고 작은 목소리로 소곤소곤 이야기를 나누는 예의 바른 분들이었어요. 그런데 아저씨, 저는 그곳을 떠날 때까지 한 번도 진심이 담긴 이야기를 들어 보지 못했어요. 개인의 생각 따위는 그 집안에서는 중요한 일이 아니었어요.

펜들턴 부인은 보석이나 의상실, 모임 이외에는 아무것도 생각하지 않으시는 분 같았어요. 그분은 맥브라이드 부인과는 전혀 성격이 다른 어머니였어요. 제가 결혼을 하고 아이를 낳으면, 저는 맥브라이드가의 아이들처럼 키울 거예요. 아무리 돈을 많이 준다고 해도 결코 펜들턴가의 아이들처럼 키우지는 않을 거예요.

저를 초대해 준 가족들을 험담하는 것은 실례되는 행동이겠죠? 그렇다면 죄송해요. 대신 이 일은 아저씨하고 저만의 비밀로 해요.

펜들턴 씨와는 차를 마실 때 딱 한 번 만났어요. 그분과 단둘이서 이야기를 나눌 기회는 없었어요. 작년 여름에는 그렇게 친하고 즐겁게 지냈는데, 이번에는 멀게 느껴졌어요. 그분은 친척들을 별로 좋아하시는 것 같지 않았어요. 그리고 그 집 가족들도 그분을 별로 좋아하는 눈치가 아니었어요. 줄리아의 어머니 말씀에 따르면, 그분은 머리가 이상하시대요. 사회주의자이시라나요. 그나마 머리를 기르고 붉은 넥타이를 매지는 않아서 다행이래요.

그뿐이 아니에요. 펜들턴 집안은 줄곧 영국 교회를 모체로 하는 성공회의 신자였는데, 어떻게 그런 사상을 가지게 되었는지 이해할 수 없다고 하셨어요. 그분은 요트라든가, 자동차라든가, 폴로 경기용 말에는 돈을 쓰지 않고, 이상한 개혁에만 돈을 쓴다는 것이었어요. 하지만 그분은 직접 사탕을 사시기도 하고, 크리스마스가 되면 줄리아와 제게 양팔 가득 선물을 안겨 주시곤 하죠. 그런 사람이 사회주의자라면 저도 사회주의자가 되고 싶어요. 아저씨 생각은 어떠신가요?

  저는 극장, 호텔, 아름다운 집 등을 많이 봤어요. 머릿속은 줄무늬 마노, 도금한 나무를 붙인 마루, 야자수 등으로 가득 차 있어 아직도 멍하지만, 대학에 돌아와서 다시 공부를 하게 된 것이 얼마나 기쁜지 모르겠어요. 역시 저는 아직도 배울 것이 많은 철부지 학생인가 봐요. 조용하고 공부할 수 있는 분위기 속에 있는 것이 화려한 뉴욕에 있는 것보다 훨씬 더 활기차고 즐겁거든요. 대학이라는 곳은 자신이 열심히 생활하기만 하면 여러 가지를 얻을 수 있는 곳이니까요. 책을 읽거나, 공부를 하거나, 수업을 들으면 머리가 맑아져요. 그러다 지치면 운동장으로 나가 몸을 풀거나 비슷한 생각을 가지고 있는 친구들과 이야기를 나누죠. 저희는 밤늦게까지 수다를 떨고 나서 우쭐한 기분으로 침대에 누워요. 가끔 이런 수다는 기분을 바꾸는 데 최고라고 생각해요.

아저씨, 여자 철학자 중에서 제가 본받을 만한 그런 인물을 알고 계시나요? 있으면 추천해 주세요.

주디

추신

오늘 밤에는 장대비가 퍼붓고 있습니다. 강아지 두 마리와 고양이 새끼 한 마리가 지금 막 창문턱으로 올라왔어요.

월요일 셋째 시간에

친애하는 동지에게

만세! 저도 사회주의자입니다. 우리는 당장 이 사회가 개혁되는 것을 원치 않습니다. 혼란이 수반될 테니까요. 조금씩 준비해서 점진적으로 이뤄지길 바라는 것입니다. 그때까지 우리는 산업, 교육, 그리고 고아원 등 여러 분야를 개혁함으로써 조금씩 준비를 해야 합니다.

2월 11일

아저씨께

이 짧은 편지에 관해 불쾌하게 생각하지 마세요.

이건 편지가 아니라, 곧 제 시험이 끝나면 다시 편지를 드린다는 통지서이니까요. 시험 잘 치러서 좋은 성적 낼게요. 장학생답게 말예요.

열심히 공부하는 주디 올림

3월 5일

친애하는 키다리 아저씨께

오늘 저녁에 카일러 학장님께서 연설을 하셨어요. 요즘 청년들의 경박함과 천박함을 비판하는 내용이었어요. 현대 젊은이들은 진지한 학구적 태도를 보이지 않고 윗사람에게 존경의 표시를 하지 않는다는 얘기였죠.

연설을 듣고 난 뒤 저는 괜히 심각해졌습니다.

아저씨 저도 버릇이 없는 아이인가요? 저도 아저씨께 더 정중하게 굴어야 하고 예절을 갖춰야 하나요? 네, 당연하겠죠. 편지를 다시 쓸게요.

스미스 씨께

저는 1학기 말 시험에서 좋은 성적을 받았고 다시 새 학기를 맞았습니다.

화학은 수료했으며 새로 생물학을 공부하게 됐어요. 이 과목을 수강하면 두꺼비와 지렁이를 해부한다고 해서 주저하기는 했어요.

지난주 예배 시간에 남부 프랑스에 있는 로마 유적지에 관해 아주 재미있고 가치 있는 강의를 들었습니다.

워즈워스가 쓴 '틴턴 수도원'을 영문학 강좌의 부교재로 읽고 있습니다. 무척 정교한 책인데, 범신론에 관한 표현이 흥미로웠습니다. 그리고 셸리, 바이런, 키츠, 워즈워스와 같은 19세기 초 시인들의 낭만주의가 그 이전의 고전주의보다 훨씬 공감이 됩니다.

최근에는 체육 시간에 빠지지 않습니다. 학생 감사 제도가 개정되어 규칙을 어기면 많은 불이익을 당합니다. 체육관에는 시멘트와 대리석으로 만든 아주 아름다운 수영장이 설치되었습니다. 어떤 졸업생이 기증했다더군요. 룸메이트 맥브라이드 양이 자기 수영복을 저에게 주었습니다(그 애한테 치수가 맞지 않거든요). 저도 이제부터 수영 강습을 받게 됩니다.

어젯밤에는 디저트로 맛있는 핑크색 아이스크림을 먹었습니다. 음식물의 색을 내는 데는 식물성 염료만 사용됩니다. 학교에서는 심미적 그리고 위생적 이유로 아닐린 염료 사용을 절대 허용하지 않습니다.

요즘 날씨가 이상적입니다. 햇살이 화창하게 비치고 가끔 기분 좋게 눈이 내립니다. 저는 친구들과 산책을 즐기곤 합니다.

친애하는 스미스 씨, 늘 건강하시길 빕니다.

제루샤 애벗 올림

4월 24일

아저씨.

다시 봄이 왔어요. 아저씨가 계신 곳만 알고 있다면 이 아름다운 교정을 보내 드리고 싶을 정도예요.

지난주 금요일에 펜들턴 씨가 학교에 오셨어요. 그런데 하필이면 저희들이 기차 시간에 맞춰 막 외출을 하려던 때에 오셨지 뭐예요.

지난번에 말씀드렸던 프린스턴 대학의 댄스파티에 가려던

길이었거든요. 죄송해요. 프린스턴 대학에 가는 것을 말씀드리면 아저씨의 비서가 또 안 된다고 할 것 같아서 허락도 받지 않고 제멋대로 결정했어요. 하지만 교칙은 어기지 않았어요. 저희는 학교에 확실하게 결석계를 제출했고 맥브라이드 부인이 보호자로 함께 가 주셨으니까요.

댄스파티는 기대했던 것보다도 훨씬 신 나고 재미있었어요. 자세히 쓰지 못하는 것을 용서하세요. 이야깃거리가 너무 많아서 무엇부터 써야 될지 모르겠거든요.

토요일

오늘은 경비원 아저씨가 저희 여섯 명을 깨워 주셔서, 새벽에 일찍 일어났어요. 저희는 커피를 끓여 마시고, 해가 뜨는 것을 보기 위해 3킬로미터를 걸어서 나무가 한 그루 있는 산의 정상까지 올라갔어요. 마지막에는 숨이 차는 것도 참고 힘껏 달려서 올라갔죠. 태양이 막 떠오르려고 하는 순간에 겨우 정상에 도착할 수 있었어요. 해가 뜨는 멋진 광경을 구경한 뒤에 고픈 배를 달래면서 아침 식사에 늦지 않도록 단숨에 달려서 내려왔어요.

저는 파릇파릇한 잎이 자라기 시작하는 나무와 석탄가루가 뿌려진 운동장과 폐렴에 걸린 캐서린 프렌티스와 사라진 지 2주일 만에 기숙사에서 발견된 학장님의 앙고라 새끼 고양이와 제가 산 하얀 드레스, 분홍 드레스, 파란 물방울무늬 드레스 세 벌과 모자에 관해 쓸 생각이었는데, 너무 졸려 자꾸 눈이 감겨요. 언제나 졸립다는 핑계만 대네요. 하지만 여자 대학교는 무척이나 바빠서 저녁이 되면 완전히 지쳐 버리니 저도 어떻게 할 수가 없어요. 또 핑계를 대고 말았나요? 특히 새벽부터 하루를 시작한 날은 더 그래요.

사랑을 담아 주디

5월 15일

키다리 아저씨께

 여쭤 보고 싶은 것이 있어요. 자동차에 탔을 때 앞만 바라보고 다른 사람은 전혀 쳐다보지 않는 것은 예의 바른 행동인가요, 아닌가요?
 오늘 아주 멋진 벨벳 드레스를 입은 예쁜 여자가 차에 오르더니 15분 동안 얼굴 표정 한 번 바꾸지 않고, 앉은 자세 그대로 바지 멜빵 광고가 붙어 있는 곳만 바라보고 있었어요. 저는 마치 자기만 잘났다는 듯이 주위에는 전혀 눈길도 주지 않는 그런 행동이 별로 예의 바르다고는 생각되지 않았어요. 어쨌든 그런 사람은 손해를 많이 볼 거예요. 그 여자가 우스꽝스러운 포스터만 바라보고 있을 때, 저는 재미있는 사람들로 가득 찬 차 안을 구석구석 관찰했거든요.

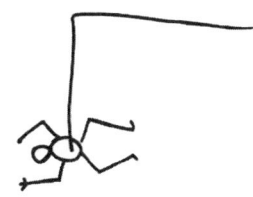

이 그림은 이번에 처음으로 보여 드리는 거예요. 마치 거미가 거미줄에 매달려 있는 것 같죠? 체육관 수영장에서 제가 수영 연습을 하는 그림이에요. 교수님은 제 허리 뒤의 벨트 고리에 밧줄을 묶고 그것을 천장의 도르래에 연결하셨어요. 교수님의 성실성을 믿기만 한다면, 좋은 방법이라고 생각해요. 하지만 저는 교수님이 중간에 밧줄을 놓으실까 봐 걱정이 되어서 한쪽 눈으로는 교수님을 감시하고 한쪽 눈으로 수영을 하기 때문에 좀처럼 실력이 늘지 않아요.

요즘은 날씨 변화가 무척 심하네요. 제가 이 편지를 쓰기 시작했을 때는 비가 내리고 있었는데, 지금은 햇빛이 비치고 있으니까요. 또 언제 변할지 모르겠어요. 샐리와 저는 이제 테니스를 치러 갈 거예요.

1주일이 지난 다음

이 편지를 벌써 끝냈어야 했는데, 계속 늑장만 부리고 있었어요. 특별히 예의를 갖추어 쓰지 않더라도 아저씨는 이해해 주시리라 믿어요.

아저씨께 편지를 쓰는 것은 정말 즐거워요. 이렇게 편지를 쓰고 있으면, 제게도 가족이 있는 것 같아 괜히 으쓱해지거든요.

재미있는 이야기를 해 드릴게요. 사실 제가 편지를 쓰는 사람은 아저씨만이 아니라, 두 사람이 더 있어요. 이번 겨울에 펜들턴 씨에게서 긴 편지를 몇 통 받았어요. 줄리아가 알아보지 못하도록 수신자 주소와 이름은 타자기로 치셨어요. 놀라셨죠? 그리고 거의 매주 프린스턴 대학에서 노란 종이에 서투른 글씨로 쓴 편지가 오고 있어요. 저는 편지를 쓴 두 사람에게 각각 지극히 사무적인 답장을 보내고 있어요. 아저씨, 저를 좀 보세요. 저도 보통 여학생들과 조금도 다르지 않아요. 저도 남자에게서 편지를 받고 있는 걸 보세요.

참, 제가 4학년 연극부원이 되었다는 것을 알려 드렸나요? 수많은 전교생 가운데 겨우 78명만 연극부에 들어갈 수 있는데 말이에요. 그것도 선발된 사람만이 들어갈 수 있죠. 아저씨, 사회주의자를 꿈꾸는 사람이 연극부원이 되어도 괜찮을까요?

지금 저는 '사회학' 부문 중에 '보호자가 없는 아이들의 보호'라는 내용으로 논문을 쓰고 있답니다. 교수님께서 여러 가지 주제가 적힌 종잇조각을 잘 섞은 다음 학생들마다 하나씩 고르게 하셨는데, 저는 바로 이 주제가 적힌 종이를 골랐어요. 우연의 일치이지만 좀 묘한 기분이 들어요.

저녁 식사를 알리는 종이 울리기 시작했어요. 우체통 앞을 지나갈 테니까 그때 이 편지를 넣어야겠어요.

사랑을 담아서 주디가

6월 4일

아저씨.

요즘은 너무 바빠서 정신이 하나도 없어요. 열흘 뒤면 졸업식이고, 내일부터 시험이 있거든요. 공부도 산더미, 짐도 산더미인데 일이 좀처럼 손에 잡히지 않아요. 산과 들이 말할 수 없이 아름다워서 이렇게 방 안에 틀어박혀 있는 것이 너무 아깝거든요.

하지만 이제 곧 방학이니까 좀 더 참기로 했어요. 줄리아는 이번 여름에 외국 여행을 간대요. 이번이 네 번째라나요? 좋은 일이 모든 사람에게 공평하게 나누어지는 것은 아닌가 봐요.

샐리는 다른 때와 마찬가지로 애디론댁 산장으로 간대요. 저는 어디로 갈 것 같으세요? 아저씨도 세 군데쯤 생각하시겠죠? 록윌로? 아니에요. 샐리와 함께 애디론댁 산장? 그것도 아니에요. 그곳은 가고 싶지 않아요. 작년에 질려 버렸거든요. 아저씨는 성격이 급하신 것 같으니까, 가르쳐 드릴게요. 만약 아저씨께서 잔소리하지 않겠다고 약속만 해 주신다면 말이에요. 특히 아저씨 비서에게는 이번 여름방학 계획은 벌써 정했다는 것을 확실히 알려 드리고 싶어요.

이번 여름에는 찰스 패터슨 부인과 해변으로 가서 이번 가을에 대학에 들어갈 그분의 딸을 가르칠 예정이에요. 맥브라이드 부인의 소개로 패터슨 부인을 알게 되었는데, 매우 매력적인 분이세요.

제가 가르칠 과목은 영어와 라틴 어예요. 학생을 가르치면서도 제 시간이 넉넉해서 참 좋아요. 게다가 한 달에 50달러를 받기로 했어요. 정말 큰 액수죠? 이 금액은 패터슨 부인이 직접 결정하신 거예요.

저는 9월 1일쯤 패터슨 씨의 별장이 있는 매그놀리아를 떠나 록윌로에서 남은 3주일을 보낼 계획이에요. 셈플 부인과 동물들을 보고 싶어서 견딜 수가 없거든요. 아저씨, 제 계획이 훌륭하지 않나요? 이제 조금씩 혼자 힘으로 생활하는 데 익숙해지고 있어요. 모두 아저씨가 도와주신 덕분이에요. 이제는 혼자 꿋꿋하게 설 수 있을 것 같아요.

그런데 프린스턴 대학의 졸업식과 저희 학교 시험이 겹쳐서 정말 실망이에요. 샐리와 저는 그곳에 갈 수 있도록 시간을 짜 보았지만, 역시 불가능이었어요.

아저씨, 여름 멋지게 보내세요. 그리고 가을에는 다시 1년을 새롭게 시작할 수 있도록 건강한 모습으로 돌아오세요. 사실 이런 말은 제가 아저씨에게 들어야 더 어울릴 것 같아요.

저는 아저씨가 여름을 어떻게 보내시는지 어떤 즐거운 일을 계획하시는지 전혀 몰라요. 그래서 아저씨 주변에서 어떤 일들이 일어나는지 머릿속으로 조금도 그려 볼 수가 없어요. 아저씨는 골프나 사냥이나 승마 같은 것을 좋아하시나요? 아니면 양지바른 곳에서 편한 자세로 사색하는 것을 좋아하시나요?

무엇을 하시든 부디 즐겁게 여름을 보내세요. 그리고 주디도 잊지 마세요.

6월 10일

키다리 아저씨께

저는 편지 쓰기가 지금처럼 이렇게 어려웠던 적이 없어요. 그런데 제가 앞으로 할 일을 이미 확실히 결정해 놓았기 때문에 그 결심을 바꿀 수가 없어요. 이번 여름에 유럽 여행을 보내 주시겠다는 말씀을 듣고 정말 기뻤어요. 하지만 아무리 생각해도 이것은 거절해야 한다는 생각이 들었어요. 대학에서 공부하는 데 필요한 돈은 거절하면서 놀러 가는 데 필요한 돈을 받는다는 것이 제 양심에 걸리거든요.

주디와 사치라는 말은 서로 어울리지 않아요. 누구나 지금껏 가져 보지 못한 것은 앞으로 가질 수 없더라도 별로 괴롭지 않지만, 한번 경험한 것을 다시 가지지 못할 때에는 몹시 고통스러운 법이거든요.

샐리, 줄리아와 함께 생활을 하면서 제게는 상당한 노력이 필요했어요. 그들은 어렸을 때부터 자기 것을 갖는 데 익숙하기 때문에 행복한 것이 당연하죠. 이 세상이 자신들에게 빚을 지고 있기 때문에, 자기들이 갖고 싶은 것은 무엇이든 다 가질 수 있다고 생각해요. 하지만 저는 아니에요. 세상은 제게 아무런 빚도 지지 않았거든요.

비유는 엉망이었지만, 제가 무슨 말을 하려는지 아저씨는 이해하시겠죠?

어쨌든 저는, 이번 여름에 다른 사람을 가르치며 혼자서 생활해 나가겠어요.

나흘 뒤 매그놀리아에서

 제가 이 편지를 쓰고 있을 때 무슨 일이 일어났을 것 같으세요? 가정부가 펜들턴 씨가 보내신 카드를 가져왔지 뭐예요. 그분도 이번 여름을 외국에서 보내신대요. 줄리아나 친척들과 함께 가시는 것이 아니라, 혼자서 말이에요. 그래서 그분께 아저씨께서 저에게 유럽 여행을 가라고 말씀하신 것을 이야기했어요. 그분은 아저씨를 잘 알고 계시더군요. 펜들턴 씨는 제 부모님이 돌아가셔서 어떤 친절한 분이 저를 대학에 보내 주시는 거라고 알고 계세요. 존 그리어 고아원의 일이나 그 밖의 이야기는 아직 하지 않았어요. 그럴 용기가 없었거든요. 그분은 아저씨께서 정말로 옛날부터 저희 집안과 알고 지내는 분이시고, 그래서 저의 보호자가 되신 것이라고만 알고 계세요. 한 번도 본 적이 없다는 말은 하지 않았어요. 그걸 이야기하면 이상하게 생각하실 것이 뻔하니까요.

 그분도 아저씨의 뜻에 따라 제게 유럽으로 갈 것을 권하셨어요. 유럽으로 가는 것도 교육의 일부이고, 제 장래에도 중요한 경험이 될 테니 거절하면 안 된다는 거죠. 그리고 마침 그분도 파리로 가니까, 가끔씩 그분을 만나 그림으로만 보던 낭만적인 외국 레스토랑에서 식사라도 함께 하는 것이 어떠냐고 하셨어요.

순간 저는 정말 마음이 끌려서 하마터면 그 유혹에 넘어갈 뻔했어요. 만약 그분이 명령하듯 말씀하시지만 않았어도 저는 틀림없이 그분 말씀대로 했을 거예요. 저는 하나하나 조리 있게 이야기를 하면 그 말을 듣지만, 제게 명령하는 투로 이야기하면 저도 모르게 반항심이 생기거든요. 그분은 저에게 한심한 고집쟁이에다, 속도 아주 좁은 여자라고 하시면서 저 혼자서는 현명하게 판단하지 못하니까 나이 많은 사람이 하는 말을 들어야 한다고 하셨어요. 하마터면 저희는 그 일로 싸울 뻔했어요. 아니, 이미 싸우고 있는지도 몰라요.

그 일이 있은 뒤 저는 바로 짐을 싸서 이곳으로 와 버렸어요.

지금 저는 패터슨 부인의 별장인 클리프에 도착해서 짐을 정리하고, 패터슨 부인의 작은딸인 플로렌스에게 라틴 어를 가르치고 있어요. 플로렌스는 너무 버릇없이 자라서 공부하는 방법부터 먼저 가르쳐야 될 것 같아요. 제가 보기에 그 아이는 지금까지 아이스크림 이외에는 그 어떤 것에도 신경을 써 본 일이 없는 것 같아요.

패터슨 부인은 아이들을 밖에서 교육시키길 원하세요. 그래서 저희는 언덕 위의 아주 조용한 곳에서 공부를 하고 있어요. 푸른 바다를 시원스럽게 달리는 배를 바라보고 있으면, 정신을 집중하는 것이 어렵기는 하지만요. 배를 보면서 저는, 저 배를 타고 외국으로 갈 수도 있었는데 하는 생각에 아쉬움을 느끼기도 하지만 라틴 어 문법 이외에는 아무것도 생각하지 않으려고 노력하고 있어요.

저는 하루하루 열심히 생활하고 있어요. 외국 여행을 거절했다고 언짢게 생각하지 마시고, 언제나 아저씨께 진심으로 고마워하고 있다는 것을 기억해 주셨으면 좋겠어요.

아저씨의 은혜를 갚을 수 있는 단 한 가지 방법은 제가 사회에 도움이 되는 훌륭한 인물이 되는 거라고 생각해요. 그렇게 되면 아저씨께서 "이 아이를 훌륭한 인물로 만들어 사회로 내보낸 것이 바로 접니다."라고 당당하게 말씀하실 수 있을 테니까요.

정말 근사하지 않으세요? 하지만 저는 아저씨의 그런 기대에는 미치지 못할 것 같아요. 가끔 저는 조금도 뛰어난 것이 없는 사람이라는 생각이 들거든요. 미래에 관해 여러 가지로 상상해 보는 것은 즐거운 일이지만, 아무래도 저는 다른 사람과 다름없는 평범한 사람이 될 것 같아요. 어쩌면 장의사와 결혼해서 남편의 일을 도와주거나 돈을 많이 벌 수 있는 방법을 가르쳐 주는 아내로 일생을 마칠지도 몰라요.

주디

8월 19일

키다리 아저씨께

제 방에서 감상할 수 있는 바깥 경치는 정말로 근사해요. 지금까지 제가 보고 감탄했던 그 어떤 경치보다도요.

세상 모든 사람에게 힘찬 활기를 주던 여름이 지나가고 있어요. 저는 오전 내내 영어, 라틴 어, 기하학과 그다지 예의가 바르지 못한 두 아이와 씨름을 하며 보냈어요. 이렇게 한다고 해서 매리언이 대학에 들어갈 수나 있을지, 또 설사 들어간다고 해도 제대로 다닐 수 있을지 걱정이 돼요. 플로렌스는 더 심한 상태예요. 제가 보기에는 전혀 가망이 없어 보이거든요. 하지만 정말 예쁘게 생긴 아이들이에요. 얼굴이 예쁘면 어리석다는 말이 있는데, 정말 그 말이 맞는 것 같아요.

오후에는 낭떠러지 길을 달리기도 하고, 파도가 잔잔해지면 수영도 하면서 보냈어요. 소금기가 많은 바닷물에서는 다른 곳에서보다 훨씬 쉽게 헤엄칠 수 있어요.

파리로 떠나신 펜들턴 씨께 편지를 받았는데, 매우 짧고 형식적인 내용이었어요. 그분 말을 듣지 않았더니 아직도 언짢으신 모양이에요. 그분은 일찍 귀국하게 되면 대학이 개강하기 전까지 4, 5일 동안 록윌로에서 만나자면서, 만약 제가 착하고 얌전한 아이라는 것을 확인하면 그때 다시 사이좋게 지내겠다는 편지를 보내셨어요.

샐리에게서도 편지가 왔어요. 9월에 2주일 정도 애디론댁 산장으로 놀러 오지 않겠느냐고요. 이것도 아저씨께 허락을 받아야 하는 건가요? 아직 제 뜻대로 행동할 수 있는 나이가 아닌가요? 아니 전 이제 제 생각대로 행동할 수 있는 나이가 되었다고 생각해요. 이제 저도 4학년인걸요. 여름 동안 열심히 일했으니까 건강을 위해 좀 쉬는 것도 괜찮을 거라고 생각해요. 저는 애디론댁을 보고 싶어요. 샐리도 보고 싶고, 지미 오빠도 보고 싶어요. 지미 오빠가 카누를 조종하는 법을 가르쳐 준다고 했거든요.

그리고 저는 만일 펜들턴 씨가 록윌로에 가신다면 그곳에 가고 싶지 않아요. 이것이 제가 샐리네 산장으로 가고 싶어 하는 가장 큰 이유예요. 좀 비겁한 행동이긴 하지만, 저는 펜들턴 씨가 원하는 대로 움직이는 사람이 아니라는 것을 분명히 보여 주고 싶어요. 그리고 제게 명령을 할 수 있는 사람은 아저씨뿐이에요. 물론 그런 아저씨의 명령을 늘 잘 듣는 것은 아니지만 말이에요. 애디론댁이든 록월로든 여행을 하는 것은 좀 더 생각해 보아야겠어요. 이제부터 숲으로 나가 볼까 해요.

주디

9월 6일 맥브라이드 산장에서

친애하는 아저씨.

아저씨의 편지가 너무 늦게 도착했어요. 고맙다는 인사를 먼저 드릴게요. 앞으로 제가 아저씨 생각대로 행동하게 하고 싶으시면 비서에게 2주일 이내에 전하라고 말씀하시는 게 좋을 거예요. 제가 이곳에 도착하고 나서도 닷새가 지난 뒤에야 편지가 도착했거든요.

울창한 숲과 산장, 날씨, 맥브라이드 집안의 식구, 모든 것들이 제 마음에 쏙 들어요. 저는 지금 매우 행복해요.

지미 오빠가 카누를 타러 가자고 부르고 있어요.

그럼 안녕히 계세요.

주디

추신

아저씨 말씀을 듣지 않아서 죄송해요. 하지만 아저씨는 왜 제가 마음 편하게 쉬려는 것에 반대하시는 건지 모르겠어요. 여름 내내 일을 했으니까 2주일쯤은 쉴 자격이 있다고 생각해요. 어떤 때는 아저씨가 이솝 우화에 나오는 심술쟁이 개 같아요. 하지만 그래도 저는 아저씨가 좋아요. 여러 가지 단점이 있다고 해도 말이에요.

마지막 대학 생활

10월 3일

키다리 아저씨께

학교 수업도 시작했고, 저도 가장 높은 학년인 4학년이 되었어요. 교지 편집부원도 됐고요. 사람들과 이렇게 어울리기 좋아하는 제가 3년 전만 해도 존 그리어 고아원에서만 생활했다는 사실이 믿어지지 않아요. 미국에서는 모든 것이 빨리 지나가는 것 같아요.

펜들턴 씨가 록윌로로 보낸 편지가 다시 이쪽으로 보내져 왔어요. "이번 가을에는 농장으로 갈 수 없어서 섭섭하다. 친구가 요트를 타자고 해서 그곳으로 가야 한다. 여름을 즐겁게 보내기를 바란다."라는 내용이었죠. 아저씨는 이것에 관해 어떻게 생각하세요?

그분은 제가 맥브라이드 씨네 산장으로 갔던 것을 알고 계세요. 줄리아가 말했거든요. 남자가 어떤 일을 꾸미는 것을 보면 여자에게 확실히 뒤떨어지는 것 같아요. 일을 깨끗이 마무리하는 것도 그렇고요.

줄리아는 누구나 갖고 싶을 만큼 아름다운 드레스를 가방에 가득 채워서 돌아왔어요. 그중에서도 리버티 가게의 무지개색 크레이프 드레스는 천국의 천사들이 입는 옷이라 생각될 만큼 아름다웠어요.

하지만 저는 제 드레스가 가장 아름답다고 생각해요. 양장점에 부탁해서 패터슨 부인의 드레스와 똑같이 만들어 달라고 부탁했거든요. 물론 진짜와 똑같지는 않지만, 줄리아가 여행 가방을 열기 전까지는 무척 마음에 들었어요. 그런데 최신 유행하는 파리의 드레스를 보니 그런 기분이 말끔히 사라져 버렸어요.

아저씨는 지금 아저씨가 여자가 아니어서 다행이라고 생각하시겠죠? 분명히 옷에 관해서 시시콜콜 신경 쓰는 것은 한심한 일이라고 생각하실 거예요. 물론 그것도 맞는 말이긴 하지만, 그건 다 남자 때문이에요.

아저씨는 화려함과는 거리가 먼 촌스럽고 실용적인 옷만을 부인에게 권했던, 존경받는 어떤 대학교수의 이야기를 들어 보신 적이 있나요? 그 교수의 부인은 순진한 사람이었기 때문에, 남편이 하라는 대로 했대요. 그러다가 어떻게 되었을 것 같으세요? 결국 교수는 화려한 옷을 즐겨 입는 멋쟁이 코러스 걸과 함께 도망쳐 버렸대요.

언제나 아저씨 곁에 있는 주디

추신

저희 방의 청소를 담당하는 아가씨는 푸른색 바둑무늬가 있는 무명 앞치마를 두르고 있어요. 그래서 저는 그 아가씨에게 갈색 앞치마를 사다 주고 무명 앞치마는 호수에 던져 버리라고 할 생각이에요. 그것을 볼 때마다 우울했던 고아원 시절이 생각나서 견딜 수가 없거든요.

11월 7일

키다리 아저씨께

작가 지망생인 저에게 실망스러운 일이 생겼어요. 아저씨께 말씀드려도 괜찮을지 모르겠지만, 지금 저는 누군가에게 위로를 받고 싶은 심정이에요. 물론 아저씨는 마음속으로 위로해 주

시면 돼요. 그리고 비서를 통해 답장에 쓰셔서 제 상처를 다시 건드리는 일은 하지 않으셨으면 좋겠어요.

저는 지난겨울과 올여름 동안 버릇이 없고 머리도 나쁜 아이에게 라틴 어를 가르치지 않을 때에는 틈나는 대로 소설을 썼어요. 마침 대학이 개강하기 전에 완성이 되어서 그 소설을 출판사로 보냈죠. 그 출판사에서 2개월 동안이나 아무런 소식이 없기에 저는 여전히 검토하고 있는 중이라고 생각했어요. 그런데 어제 아침에 속달로 소포가 와서 풀어 보았더니 출판사의 편지가 동봉된 제 원고였어요. 친절하게 편지까지 넣어 보내 준 것은 고마웠지만, 그 편지의 내용이 너무 솔직해서 제 마음이 몹시 아팠어요.

거기에는, "주소를 보니 당신은 아직 학생인 것 같군요. 만약 제 충고를 받아들인다면 자신의 온 힘을 학업에 쏟고, 소설을 쓰는 것은 졸업하고 나서 시작하는 것이 어떻겠습니까?"라고 씌어 있었어요. 그리고 편지 안에 원고 담당자의 비평이 들어 있었는데, 이렇게 씌어 있었어요.

"소설의 줄거리가 매우 산만하고, 인물이 너무 많이 등장하며, 대화가 자연스럽지 않습니다. 비유를 많이 사용했는데 아주 적절하게 사용했다고 할 수 없습니다. 앞으로도 꾸준히 노력해 보십시오. 그러다 보면 언젠가는 좋은 소설을 쓸 수 있으리라고 생각합니다."

 아무리 생각해 보아도 기분 좋은 평은 아니죠? 이 편지를 받기 전까지는 미국 문학에 큰 공헌을 했다고 생각하고 있었어요. 졸업하기 전에 소설을 출간해서 아저씨를 기쁘게 해 드리고 싶었는데…….

 그 소설의 소재는 작년 크리스마스 때 줄리아의 집에서 있었던 일들이에요. 아마도 출판사의 의견이 맞을 거예요. 고아원에서 20년 가까이 생활해 온 여자아이가 2주일밖에 안 되는 짧은 기간 동안에 대도시의 풍속이나 생활 방식을 모두 익혀서 소설로 쓴다는 것은 너무 벅찬 일이에요.

 어제 오후에 그 원고를 가지고 산책을 나갔다가, 보일러실에 가서 그곳을 관리하는 분께 난로를 좀 빌려 달라고 부탁했어요. 그러고 나서 원고를 활활 타오르는 불 속에 던져 버렸어요. 그때 제 기분은 마치 자식을 화장하는 듯한 기분이었어요.

 어젯밤은 몹시 슬픈 기분으로 침대에 누웠어요. 제 자신에게 어떠한 가능성도 발견할 수 없을 것 같아서요. 아저씨께서 쓸데없이 돈을 낭비하고 계신 것 같아서 너무 죄송했어요.

 그런데 아저씨, 정말 신기한 일이 일어났어요. 아침에 눈을 뜨니까, 저를 온종일 짓누르던 우울한 기분은 언제 그랬냐는 듯이 사라지고 근사하고 새로운 소설의 줄거리가 머릿속에 떠오르는 거예요. 그래서 오늘은 하루 종일 신이 나서 소설에 등장할 인물들을 생각하며 보냈어요.

아마 아무도 저를 비관론자라고는 말하지 못할 거예요. 만약에 제가 남편과 열두 명의 자식들을 지진이 나서 하루아침에 잃는다고 해도, 다음 날 아침에는 웃으며 자리에서 일어나 다른 남편을 찾아 떠날 테니까요.

안녕히 계세요.

주디가

12월 14일

키다리 아저씨께

어젯밤에는 참 이상한 꿈을 꾸었어요. 제가 어떤 책방에 갔는데, 그곳의 점원이 '주디 애벗의 문학과 일생'이라는 새 책을 가져다주는 거예요. 붉은색 헝겊으로 싼 표지에는 존 그리어 고아원이 그려져 있었어요. 묘비 사진이 책 안쪽 표지에 실려 있었고, '당신의 진실한 친구 주디 애벗'이라고 씌어 있었죠. 제 묘비에 씌어 있는 글을 읽으려는 순간 잠에서 깨고 말았어요.

잠에서 깬 뒤 얼마나 안타까웠는지 아저씨는 모르실 거예요.

조금만 더 읽었다면 제가 누구와 결혼을 하고 언제 죽을지 미리 알 수 있었을 테니까요.

독자의 미래를 전부 꿰뚫고 있는 작가가 독자의 일생에 관해 쓴 소설을 미리 읽을 수 있다면 얼마나 재미있을까요?

단, 규칙이 있어요. 무슨 일이 있어도 한 번만 읽어야 된다는 것이죠. 그렇게 되면 자기가 한 일이 나중에 어떤 결과로 나타날지 미리 알 수 있을 거예요. 자신이 언제 죽을지도 미리 알고 삶을 살겠죠.

만약 그것이 정말로 가능하다면 얼마나 많은 사람들이 그 책을 읽고 싶어 할까요? 또 그것을 읽고 싶은 호기심을 억누를 수 있는 사람은 몇이나 될까요? 그 책을 읽으면 희망도 사라지고 어떤 놀라운 일도 없이 일생을 보내게 될 것을 알면서도 읽고 싶은 강한 호기심을 느끼는 것이 인간의 심리라고 생각해요.

아무리 행복한 삶이라고 해도 다른 사람의 삶과 특별하게 다른 점은 없는 것 같아요. 먹고 자는 일을 계속 되풀이할 뿐이죠. 그렇게 단조로운 생활 속에서 특별한 일이 하나도 일어나지 않는다면 삶이 정말 너무나 시시할 거예요.

이런, 잉크를 엎질렀어요. 하지만 세 페이지나 써서 다시 옮겨 쓸 수도 없고 이를 어쩌죠? 이 편지를 읽으시려면 꽤나 힘드시겠어요. 머리가 아프시더라도 참고 읽어 주세요. 이제 그만

줄이고 과자나 만들어야겠어요. 제가 만든 과자를 한 개도 보내 드릴 수 없는 것이 안타까워요. 진짜 크림과 버터를 듬뿍 넣어 만들기 때문에, 굉장히 맛있거든요.

안녕히 계세요.

주디

추신

요즘 체육 시간에 춤을 배우고 있어요. 얼마나 열심히 추는지 그림만 보아도 느끼실 수 있으실 거예요. 가장 우아하게 추고 있는 사람이 바로 저랍니다.

12월 26일

키다리 아저씨께

아저씨는 상식도 없으세요? 겨우 한 소녀에게 크리스마스 선물을 17가지나 하시다니, 이런 일이 있을 수 있나요? 제가 사회주의자라는 사실을 잊지 마세요. 아저씨는 저를 재벌주의자로 만들 생각이세요?

어쨌든 아저씨와 말다툼을 하면 제가 곤란해져요. 이렇게 많은 선물을 아저씨께 되돌려 드리려면, 이삿짐을 실어 나르는 차가 한 대는 있어야 될 거예요.

아저씨께 보내 드린 넥타이가 많이 구겨졌죠? 죄송해요. 대단한 것은 아니지만, 제가 직접 만든 것이에요. 추운 날에만 외투 단추를 모두 잠그고 매도록 하세요. 그래야 아저씨께서 창피하지 않으실 테니까요.

아저씨, 정말 고맙습니다. 아저씨는 이 세상에서 가장 따뜻한 사람이시고, 또한 가장 바보이세요.

주디

추신

새해에 행복하시기를 빌며 맥브라이드 씨의 산장에서 따온 네 잎 클로버를 보냅니다.

1월 9일

아저씨, 영원한 구원이 보장되는 선행을 해 보지 않으시겠어요? 이 근처에 어려움에 빠져 사정이 아주 절박한 가족이 있습니다. 여섯 자녀를 둔 부부의 얘기예요. 아들 둘은 돈 벌겠다고 집을 나간 뒤 소식이 없고요. 유리 공장에서 일하던 아버지는 폐병에 걸려 병원에 입원 중이에요. 그래서 저축한 돈을 다 써 버렸고 스물네 살 난 맏딸이 삯바느질(하루 1달러 50센트)를 해서 가족들의 생계를 근근이 이어 가고 있어요. 어머니는 몸이 약해 아무 일도 할 수 없답니다. 딸은 과로와 근심 때문에 늘 지쳐 있는데 어머니는 모든 것을 포기한 사람처럼 기도만 하고 있지요. 그 가족이 어떻게 겨울을 버틸 수 있을지 걱정이에요. 저도 딱히 도울 수 있는 방법이 생각나지 않아요. 1백 달러만 있으면 연료와 세 동생들의 신발이라도 사 줄 수 있을 텐데요.

아저씨는 제가 아는 사람들 중에서 가장 부자세요. 아저씨께서 1백 달러를 희사하실 생각은 없으신지요? 도움은 저보다 그들 가족이 훨씬 절실합니다. 특히 그 맏딸만 아니라면 제가 이런 부탁을 하지도 않았을 거예요. 그 어머니는 어찌되든 솔직히 관심 없어요. 손가락 하나 까딱하지 않는 사람은 굶어 죽어도 마땅하잖아요. 모든 것을 하나님의 뜻으로 돌리고 그저 하늘이나 쳐다보면서 중얼거리는 나약한 사람들을 보면 울화가 치밀어요. 겸허나 체념 따위들은 다 무기력에서 비롯되는 타성에 불과한 것들 아닐까요? 저는 적극적인 종교가 더 좋습니다.

철학 공부는 정말 어려워요. 쇼펜하우어를 내일 전부 끝낸답니다. 철학 교수님은 저희가 다른 과목을 이수하고 있다는 것을 전혀 모르세요. 참 괴팍한 분이시죠. 늘 일상과 동떨어진 생각만 하시는 것 같아요. 가끔 유머를 구사하시지만 썰렁해서 저희들은 웃지 않아요. 그분은 강의 시간 이외의 시간에는 언제나 물질이 존재하느냐 아니면 물질이 존재한다고 생각하느냐의 여부를 규명하기 위해 노력하고 계시죠.

제 생각에, 삯바느질하는 그 처녀는 의심할 여지없이 물질이 존재한다고 믿고 있을 거예요!

제가 새로 쓴 소설은 쓰레기통 속에 있습니다. 좋은 작품이 아니라는 걸 잘 알고 있거든요. 작가 자신조차 인정하지 못하는 작품을 헐뜯기 좋아하는 세상 사람들이 보면 뭐라고 하겠어요?

며칠 뒤

아저씨, 편도선이 부어 이틀째 병상에 누워 있어요. 이 편지는 병상에서 쓰는 겁니다. 겨우 우유 한 모금이나 먹고 다른 음식은 입에 대지도 못 해요.

"왜 어렸을 때 부모님이 편도선을 완전히 고쳐 주지 않았는지 모르겠네요?"

의사가 이해할 수 없다는 듯 말하더군요. 저도 자세히 모르지만 아마 제 부모님은 저에 대해서 애정이 별로 없었던 모양이에요.

다음 날 아침

저는 이 편지를 부치기 전에 지금 막 한 번 더 읽어 봤어요.

너무 염세적인 느낌이 들었죠. 하지만 실제로 저는 젊고 활기차며 행복하다는 걸 알려 드리고 싶어요. 아저씨도 그렇게 생각하시죠? 젊음이란 나이와 관계없이 활달한 마음가짐에 달려 있다고 믿어요. 아저씨의 머리가 백발이라 하더라도 아직 소년이 되실 수 있답니다.

사랑을 보냅니다.

주디 올림

1월 12일

친애하는 자선가님께

어제 보내 주신 수표 잘 받았어요. 정말 고맙습니다!

점심시간 뒤에 체육 시간도 빼먹고 그 가족에게 수표를 전달했어요. 그녀의 표정을 아저씨께 보여 드리고 싶네요. 근심으로 가득 찼던 그녀의 얼굴에 피어난 희망의 미소가 참으로 아름다웠어요.

스물네 살 난 그 처녀는 행운이 행운을 불러온다고 믿고 있었어요.

누가 시집을 가게 돼 혼숫감을 일거리로 잔뜩 주었대요. 앞으로 두 달간 일감 걱정은 안 해도 된다고 하더라고요.

그 어머니는 1백 달러짜리 수표를 받아 들고 "주님의 은혜에 감사합니다!"라고 외쳤어요. 저는 곧장 대꾸했어요.

"주님이 보내신 게 아니라 키다리 아저씨가 보내 주신 거예요."

그랬더니 그 어머니가 또 이렇게 말하는 거예요.

"그분에게 그렇게 하라고 한 것이 주님이죠."

그래서 저도 지지 않고 외쳤죠.

"전혀 그렇지 않아요. 그것은 제가 부탁드린 거예요!"

아저씨, 하여튼 저는 주님께서 아저씨한테 그만큼 큰 축복을 내리실 거라고 믿어요. 아저씨는 연옥에서 반년쯤 더 일찍 나오시게 될 거예요.

진정으로 감사드리면서.

주디 올림

2월 15일

폐하께 아룁니다.

오늘 아침에 칠면조 파이와 거위 고기를 먹고 엽차를 한 잔 청했습니다.

아저씨 제 글이 이상해졌다고 걱정하지 마세요. 저는 그저 새뮤얼 피프스(17세기 영국의 일기 작가)의 글을 인용하고 있거든요. 영국사 시간에 기본 자료로 그의 일기를 읽었어요. 저는 지금 1660년 당시의 영어로 친구들과 대화를 나누고 있습니다. 다음 글을 읽어 보실래요?

채링크로스에 가서 해리슨 소령을 교수형에 처한 후 오장육부를 꺼내고 사지를 찢는 걸 보았노라. 그 사람은 그런 지경에 놓인 자로서는 태연해 보였도다.

또 이런 표현도 있어요.

작일 남동생이 발진 티푸스로 사망하여 아름다운 상복을 입은 귀부인과 정찬을 나누었노라.

초상을 치른 지 얼마 안 되는 사람이 손님을 초대한다는 건 너무한 것 아닌가요? 피프스의 친구들은 오래되어 썩은 식량을 가난한 백성들에게 팔아 그 돈으로 왕에게 진 빚을 갚으려는 계략을 짜냈어요. 개혁주의자인 아저씨는 이 일을 어떻게 생각하세요? 너무 사악하죠? 새뮤얼의 의상에 관한 관심은 여자와 다를 바 없었나 봐요. 그의 의상비 지출이 아내의 다섯 배였다니, 그 시절은 남자들의 황금기였나 봐요. 이 일기 놀랍지 않으세요? 그래도 그 사람들은 나름대로 정직했던 것 같죠?

금일, 금단추를 단 내 훌륭한 캠리트 망토가 집으로 배달되어 오다. 이것은 무척 값비싼 것으로 내가 이 옷 대금을 치를 수 있기를 하느님께 기도한다.

피프스의 글을 너무 많이 인용해 죄송해요. 사실, 저는 그에 관한 논문을 쓰고 있거든요.

아저씨, 학생 자치회에서 10시 소등법을 없애기로 결의했습니다. 이제 저희는 마음대로 밤늦게까지 불을 켤 수 있습니다. 다만 다른 사람을 방해하지 않는다는 조건이 있긴 해요. 그런데 저희 맘대로 늦게까지 자지 않아도 되니까 오히려 더 일찍 잠자리에 들게 되더라고요. 9시 30분이면 그냥 졸립거든요. 지금이 바로 9시 30분입니다. 안녕히 주무세요.

일요일

지금 막 교회에서 돌아왔습니다. 조지아 주에서 오신 목사님의 설교를 들었어요. 목사님은 정서를 희생시키면서까지 지성을 발전시키면 안 된다고 말씀하셨어요. 그런데 저는 무미건조한 설교라고 생각했어요. 미국 어디에서 온 목사님이시건, 무슨 종파의 목사님이시건 모두 하나에서 열까지 다 설교를 하시네요.

오늘은 정말 상쾌한 날씨예요. 땅은 얼어 있고 공기는 쌀쌀하지만 하늘은 청명하게 개었어요. 점심을 먹자마자 친구들과 짧은 치마를 입고 들판을 가로질러 크리스털 스프링 팜에 가려고 해요. 거기 가서 닭튀김과 와플로 저녁을 때우고 크리스털 스프링 씨에게 마차를 태워달라고 할 참입니다.

폐하가 건강하시기를 바라 마지않습니다.

충성스럽고 신의 있고 성실하고 순종하는 신하 J. A. 올림

3월 5일

평의원님 귀하.

내일은 이달의 첫째 수요일입니다. 존 그리어 고아원 아이들에게는 아주 몸서리쳐지는 날이죠. 5시가 되어 평의원님들이 고아들의 머리를 쓰다듬어 주고 떠나시고 나면 아이들이 얼마나 속 시원해 하는 줄 아세요? 아저씨께서도 개인적으로 제 머리를 쓰다듬어 준 적 있으세요? 저한테는 뚱뚱한 평의원님들에 관한 기억밖엔 없네요.

고아원에 제 사랑을 전해 주세요. 4년이란 아련한 세월을 지내고 돌아보니 고아원이 그립습니다. 제가 막 대학생이 되었을 때는 모든 다른 여학생이 영위했던 정상적인 유년 시절을 빼앗겼다는 것에 강한 분노를 느꼈습니다. 하지만 지금은 안 그래요. 오히려 고아원 시절이 제게 좋은 경험이 된 것 같아요. 그 생

활이 제가 인생을 넓게 내다볼 수 있도록 도와주었지요. 이제 어른이 된 저는 세상을 꿰뚫어 볼 수 있게 됐습니다. 그러나 부족함 없이 자란 다른 사람들에겐 그런 힘이 부족하지요.

저는 많은 여학생들(예를 들어 줄리아)이 자기가 행복하다는 것을 모르고 있음을 알게 됐어요. 그들은 너무나 많은 행복으로 둘러싸여 있어 행복에 대한 감각이 무디어졌어요. 그런데 저의 경우는, 제가 행복하다는 것을 언제나 절실히 느끼고 있어요. 앞으로 어떤 불행한 일이 닥치더라도, 계속 행복하다고 느끼려고 노력할 거예요. 저는 어떤 기분 나쁜 일을 겪더라도 흥미 있는 경험으로 간주하고 호기심을 가질 거예요. '내 머리 위의 하늘이 어떻게 되더라도 나에게는 운명과 맞설 용기가 있도다.'

리펫 원장님께 안부 전해 주세요(사랑을 전해 달라고 하는 것보다 이쪽이 더 진실하다고 생각해요). 그리고 원장님께 제 성품이 얼마나 아름답게 변했는지도 전해 주시고요.

사랑을 보내면서

주디 올림

4월 4일 록윌로에서

아저씨께

우체국 소인을 보셨나요? 샐리와 저는 부활절 휴일을 이용해서 록윌로에 와서 지내고 있어요. 이 열흘간의 휴일을 가장 잘 보내려면 조용한 곳이 최고라는 결론을 내렸거든요.

저희의 신경이 날카로워질 대로 날카로워진 데다 퍼거슨 기숙사에서 하는 식사가 이제 지겨워서 더는 견딜 수가 없었어요. 몸이 피곤할 때 400백 명이나 되는 학생들과 한 식당에서 함께 식사를 한다는 것은 정말이지 너무 괴로운 일이에요. 얼마나 시끄러운지 같은 식탁에 앉아 있는 친구에게 이야기를 하려고 해도 두 손을 모아 큰 소리로 외치지 않으면 안 될 정도라니까요.

샐리와 저는 둘이서 날마다 언덕을 뛰어다니고 책을 읽거나 글을 쓰면서 즐거운 생활을 하고 있어요. 오늘 아침에는 언젠가 펜들턴 씨와 함께 캠핑을 갔던 스카이 산까지 올라갔어요.

그 일이 벌써 2년 전의 일이라니 믿을 수가 없어요. 산 정상에는 저희가 모닥불을 피웠던 자리가 아직도 검게 그을린 모습으로 남아 있었어요. 겨우 2분 정도밖에 안 되는 시간이었지만, 모든 것은 변하지 않았는데 그분과 함께 있을 수 없어 정말 쓸쓸했어요.

아저씨, 요즘 제가 무슨 일을 하고 있는지 아세요? 제 이야기를 들으시면 아저씨는 틀림없이 어쩔 수 없는 아이라고 생각하실 거예요. 다시 소설을 쓰고 있거든요. 3주 전부터 시작했는데, 열심히 쓰고 있어요. 이제야 소설을 잘 쓰는 비결을 알았어요. 이제 펜들턴 씨나 편집자의 말을 제대로 이해한 것 같아요. 자기가 잘 아는 내용을 써야 진한 감동을 줄 수 있다는 것을 알게 됐어요.

이번에는 처음부터 끝까지 제가 전부 다 알고 있는 것에 관해서만 쓰고 있어요. 장소는 존 그리어 고아원이고, 내용은 그곳에서 날마다 벌어지는 작은 사건들이죠. 이번에는 정말 잘 쓸 것 같은 자신이 있어요.

새 소설은 곧 마무리될 거고, 출판도 될 거예요. 아저씨, 저를 지켜봐 주세요. 어느 누구라도 열심히 노력하면, 반드시 좋은 결과를 얻을 거라고 믿어요. 하지만 한 가지는 아무래도 희망이 없을 것 같아요. 아저씨께 답장받기 위해 4년이나 노력했지만 아직도 받지 못했으니까요.

애정을 담아 주디

추신

농장 소식을 알려 드리는 걸 깜박했어요. 슬픈 소식이에요.

늙고 불쌍한 그로브가 죽었어요. 너무 늙어 풀도 씹지 못하자 결국 총으로 쏘아 죽일 수밖에 없었어요.

4월 17일

키다리 아저씨께

이번에는 짧은 편지가 될 것 같아요. 펜을 보기만 해도 어깨가 아프거든요. 낮에는 강의 내용을 공책에 정리해야 하고, 밤에는 소설을 써야 하니까요.

졸업식은 다음 수요일부터 정확하게 3일 뒤에 있어요. 아저씨도 꼭 참석하셔서 제 옆에 서 주세요. 만약 오시지 않으면 저는 아저씨를 원망할 거예요. 줄리아는 펜들턴 씨를 불렀어요. 친척이니까요. 샐리는 지미 오빠를 불렀어요. 가족이니까요. 저는 누구를 불러야 하죠? 제가 부를 수 있는 사람은 아저씨와 리펫 선생님뿐인데, 리펫 선생님은 부르고 싶지 않아요. 아저씨, 꼭 오실 거죠? 기다릴게요.

주디가

6월 19일 록윌로에서

제가 드디어 대학 교육을 모두 마쳤어요. 졸업장은 제가 가장 좋아하는 드레스 두 벌과 함께 옷장 서랍에 잘 넣어 두었어요.

중요한 때에 소나기가 두세 번 내린 것을 제외하면 졸업식은 예년과 비슷했어요. 장미꽃을 보내 주셔서 정말 고맙습니다. 탐스럽게 핀 꽃들이 졸업식장에 있던 그 어느 꽃보다도 아름다웠어요.

펜들턴 씨와 지미 오빠에게서도 장미꽃을 받았지만, 두 사람에게 받은 꽃은 욕조에 담가 두고 아저씨가 보내 주신 꽃다발을 안고 졸업식장에 들어갔어요.

지금은 여름을 보내기 위해 록윌로에 와 있어요. 어쩌면 계속 이곳에서 머물지도 모르겠어요. 식비도 싸고 조용해서 소설을 쓰기에는 안성맞춤이니까요.

저는 하루 종일 소설 속에 파묻혀 지내요. 잠잘 때만 빼고 늘 소설 줄거리만 생각하고 있어요. 지금 제게 가장 필요한 것은 일을 할 수 있는 충분한 시간과 평화와 조용한 곳뿐이에요. 그리고 가끔씩 영양가 있는 식사를 할 수 있는 곳이라면 더욱 좋겠어요.

8월에는 펜들턴 씨가 1주일 이상 머무르실 예정이고, 지미 오빠도 여름 동안 가끔 이곳에 들러 줄 거예요.

지미 오빠는 지금 증권 회사에서 근무하는데, 지방에 증권을 파는 일을 담당하고 있어서 지방 출장을 가는 일이 많대요. 이번에도 코너스에 있는 '파머스 내셔널 은행'에 일을 보러 오는 길에 저를 만나러 온대요.

록월로는 아저씨 생각처럼 사람을 전혀 만날 수 없는 곳은 아니에요.

아저씨도 드라이브를 하는 도중에 언젠가 이곳에 한번 들를지도 모른다고 생각했지만, 그럴 리가 없다는 걸 알아요. 제 졸업식에도 오지 않으셨으니까요. 저는 이제 아저씨를 마음속에서 깨끗이 지워 버렸어요.

주디 애벗

키다리 아저씨를 만나다

7월 24일

제가 가장 좋아하는 아저씨께

일을 한다는 것은 정말 즐거운 일이에요. 특히 자기가 하고 싶은 일을 할 때 더욱 즐겁죠. 이번 여름에는 제가 펜을 움직일 수 있는 한 열심히 글을 쓰고 있어요.

제 소설 중에서 두 번째 원고는 이미 완성되었고, 내일 아침 7시 30분부터 세 번째 원고를 시작해요. 이 소설이야말로 지금까지 없었던 멋진 작품이 될 것이라고 생각해요.

지금은 이 일에 푹 빠져 있어서 다른 일은 생각할 틈도 없어요. 아침에 일어나서 일을 시작하기 전에 옷을 갈아입고 밥을 먹는 시간까지 아까울 정도라니까요. 식사를 마치면 바로 글을 쓰기 시작해요. 쓰다가 지치면 콜린 — 록윌로에서 새로 기르기 시작한, 양을 지키는 개 — 을 데리고 밖으로 나가 산책을 해요. 이전에 썼던 소설과는 달리 정말 멋진 소설이 될 것 같아요.

아저씨, 설마 제가 지나치게 잘난 척한다고 생각하지는 않으시겠죠?

이제 다른 이야기를 할게요. 아저씨께 애머사이와 캐리가 5월에 결혼했다는 이야기를 했던가요? 두 사람 모두 결혼한 뒤에도 이곳에서 일을 하고 있는데, 결혼을 하더니 많이 달라졌어요. 전에는 애머사이가 흙탕물 속을 걷든가 바닥에 재를 흘려도 웃기만 하던 캐리가 지금은 잔소리를 하며 애머사이를 야단치곤 해요. 그들의 모습이 얼마나 아기자기한지 아저씨께도 보여 드리고 싶네요.

지난주 일요일에 지미 오빠가 왔어요. 점심으로 치킨과 아이스크림을 대접했는데, 두 가지 다 깨끗이 먹어치우더라고요.

지미 오빠를 만나서 정말 기뻤어요. 비록 얼마 안 되는 시간이었지만, 지미 오빠와 이야기하는 동안 세계가 넓다는 것을 실감할 수 있었죠.

그런데 지미 오빠한테는 증권을 파는 일이 꽤나 힘든가 봐요. 그래서 우스터로 돌아가서 아버지의 사업을 도울 생각이래요. 지미 오빠는 너무 솔직하고 친절해서 증권업으로 성공하기 힘들 거예요. 그래도 경기가 좋은 작업복 공장의 책임자가 될 수 있으니 아주 나쁘다고만은 말할 수 없겠죠? 지금은 작업복을 쳐다보는 것도 싫어한다지만, 이제 곧 아버지의 뜻을 따르게 되겠지요. 안녕히 계세요.

주디

추신

집배원이 기쁜 소식을 가져왔어요. 펜들턴 씨가 금요일에 일주일 정도 머물 예정으로 오신대요. 정말 기쁜 소식이긴 하지만, 제 소설은 꽤 늦어질 것 같아요. 펜들턴 씨는 주문이 많거든요.

8월 27일

키다리 아저씨.

아저씨는 대체 어디에 계시나요?

저는 아저씨가 이 세상 어디에 계신지 짐작할 수 없지만, 이번 여름만큼은 뉴욕에 계시지 않았으면 좋겠어요. 어딘가 산 정상에서 눈이 쌓인 경치를 바라보며 제 생각을 해 주셨으면 해요.

지금 저는 너무 쓸쓸해서 누군가가 제 생각을 해 주기를 간절히 바라고 있답니다. 이렇게 이유 없이 외로워질 때에는 아저씨가 정말 보고 싶어요. 아저씨께 응석도 부리고 싶고, 위로도 받고 싶고…….

록윌로에 있는 것도 이제 참기 어려워요. 그래서 다른 곳으로 옮길까 생각 중이에요. 샐리는 이번 겨울에 보스턴으로 가서 사회 복지 사업에 관한 일을 한대요. 저도 그곳으로 가는 건 어떨까요? 샐리가 일을 하는 동안 저는 소설을 쓰고, 밤에는 도란도란 이야기를 나눌 수 있어서 아주 좋을 것 같은데……. 셈플 씨 부부와 캐리와 애머사이 말고는 말 상대가 없어서 밤이 너무 길게 느껴져요. 아저씨께서 보스턴으로 가고 싶어 하는 제 생각에 반대하실 거라는 건 잘 알고 있어요. 저는 지금 아저씨 비서의 편지를 읽고 있어요.

제루샤 애벗 양
안녕하십니까?
스미스 씨는 당신이 언제까지나 록윌로에 머물기를 희망하고 계십니다.
엘머 그릭스 올림

아저씨의 비서는 정말 싫어요. 저는 무슨 일이 있더라도 꼭 보스턴으로 갈 거예요. 여기에서는 오래 머물 수 없어요. 지금 당장 어떤 변화라도 생기지 않으면, 저는 이상해져 버릴 것 같아요.

정말 더운 날씨예요. 풀은 모두 시들었고, 냇물도 거의 말라 버렸어요. 그리고 길은 온통 먼지투성이예요. 벌써 몇 주일 동안 비가 내리지 않았어요. 이 편지도 마치 일사병에 걸린 것 같지만, 꼭 그렇지는 않아요. 다만 가족을 필요로 할 뿐이에요.

사랑하는 아저씨, 안녕히 계세요.

꼭 한 번만이라도 만나고 싶어 하는 주디

9월 19일

록윌로에서.

아저씨, 의논해야 할 일이 생겼어요. 다른 사람 말고 꼭 아저씨의 의견을 듣고 싶어요. 단 한 번만이라도 만날 수 없을까요? 글로 쓰는 것보다 만나서 이야기하는 쪽이 훨씬 쉬울 것 같거든요. 그리고 비서가 읽을지 몰라서 걱정도 되고요.

주디

추신

저는 정말 불행해요.

10월 3일 록윌로에서

키다리 아저씨께

아저씨가 써 주신 편지를 오늘 아침에 받았어요. 글씨가 떨리고 있더군요. 병이 나셨다니 정말 죄송해요. 그걸 알았다면 제일로 신경 쓰시게 하지 않았을 텐데. 제가 의논하려 했던 이야기를 할게요. 하지만 편지로 쓰기에는 적당하지 않은 내용이니까, 비밀로 해 주세요. 그리고 이 편지를 읽으신 뒤에는 즉시 불에 태워 버리세요.

우선 말씀드리기 전에 천 달러짜리 수표를 동봉합니다. 제가 아저씨께 수표를 보내다니, 우습죠? 이렇게 많은 돈이 어디서 생겼는지 궁금하시죠?

제 소설이 팔렸어요. 7회에 걸쳐 잡지에 연재한 다음, 단행본으로 만들겠대요. 아저씨는 제가 굉장히 기뻐하리라고 생각하시겠지만, 오히려 제 마음은 차분하게 가라앉아 있어요. 물론 아저씨께 조금이나마 돈을 돌려 드릴 수 있게 된 것은 기쁘게 생각해요. 아직도 빚이 이천 달러 이상 남아 있지만요. 그것도 조금씩 갚을 생각이에요. 이 돈을 받으신 뒤에 아무 말씀도 하지 마세요. 그냥 받으시는 것이 저를 행복하게 해 주시는 거예요. 저는 아저씨께 돈뿐 아니라 여러 가지로 도움을 많이 받았기 때문에 평생 동안 감사와 사랑으로 보답해도 다 갚을 수 없을 거예요.

이제 다른 이야기를 하겠어요. 아저씨의 생각을 듣고 싶어요.

아저씨도 잘 아시겠지만, 저는 아저씨께 늘 특별한 감정을 가지고 있어요. 저를 가족처럼 아껴 주셨으니까요. 그런데 아저씨가 아닌 다른 사람에게도 그런 감정을 가지고 있다면, 어떻게 생각하시겠어요? 그 사람이 누군지 짐작하고 계시죠?

제 편지는 언제부턴가 펜들턴 씨의 이야기로 가득 차 있었어요. 펜들턴 씨가 어떤 분이시고, 저와 얼마나 마음이 잘 맞는지에 관해서 편지를 가득 채웠더라도 이해해 주셨으면 좋겠어요. 저와 펜들턴 씨는 언제나 마음이 맞았어요. 어쩌면 제 쪽에서 그분께 맞추려고 노력했는지도 모르지만, 그분의 생각이 언제나 옳았어요. 그럴 수밖에요. 그분은 저보다 14년이나 일찍 이 세상에 나오셨거든요.

하지만 다른 일에서는 나이만 먹은 어린아이 같아서 여러 가지로 돌보아 드리지 않으면 안 돼요. 비가 내려도 비옷을 입을 생각을 하지 않으신다니까요. 그리고 저희는 이상할 정도로 언제나 같은 일을 생각하고 있어요. 이건 정말 중요한 거예요. 한번 두 사람의 생각에 사이가 벌어지면 그런 고랑을 이어 줄 다리는 없거든요.

그리고 그분은……, 저는 뭐라고 말해야 좋을지 모르겠어요. 그분이 곁에 없으면 너무 쓸쓸하고 그리워서 견딜 수가 없어요. 마치 이 세상이 텅 빈 것 같고, 병에 걸린 것처럼 의욕도 없어요.

아름다운 달마저 처량하게 느껴져요. 왜냐하면 저와 함께 그것을 지켜볼 사람이 곁에 없기 때문이에요. 아저씨도 누군가를 사랑하신 적이 있겠죠? 그렇다면 제가 더 설명할 필요도 없을 거예요. 만약 그런 경험이 없으시다면 저는 더 드릴 말씀이 없어요. 제가 설명을 해도 어차피 이해하지 못하실 테니까요. 그런데도 저는 펜들턴 씨의 청혼에 아무 말도 하지 않았어요. 이유는 말하지 않았어요. 그저 잠자코 처량한 기분으로 앉아만 있었죠. 어떻게 말해야 좋을지 알 수 없었기 때문이에요. 그래서 그분은 제가 지미 오빠와 결혼하려는 것인 줄 알고 돌아가 버리셨어요. 지미 오빠와 결혼을 하다니……. 한 번도 생각해 본 적이 없는 일이에요. 게다가 지미 오빠는 아직 결혼할 나이도 아닌데 말이에요.

펜들턴 씨와 저는 터무니없고 슬프기 짝이 없는 오해로 서로 마음만 상하게 되었어요. 제가 그분을 그냥 보낸 것은 그분을 진심으로 사랑하기 때문이에요. 저는, 그분이 만약 저하고 결혼을 하면 틀림없이 후회하실 거라는 사실을 알아요. 그런 생각을 하면 제 자신이 너무 미워요.

저처럼 이름도 신분도 확실하지 않은 아이가 그분처럼 훌륭한 가문의 남자와 결혼을 한다는 것은 옳은 일이 아니라고 생각하거든요. 또 고아원에 관해서 한마디도 이야기하지 않았어요. 제가 어디에서 태어난 누구인지도 모른다는 사실을 도저히 제 입으로 이야기할 수가 없었기 때문이에요. 어쩌면 저는 나쁜 집안의 자식일지도 모른다는 생각에 더욱 이야기할 수가 없었어요. 그리고 그분의 친척들은 모두 자존심이 세지요. 저 또한 누구 못지않고요.

또 아저씨가 저에 대해 가지고 계시는 기대도 저버릴 수 없었어요. 제가 소설가가 되도록 교육을 시켜 주셨으니까, 저도 그렇게 되기 위해서 열심히 노력해야 한다고 생각해요. 제가 공부만 할 수 있게 이것저것 신경 써 주셨는데, 이제 와서 제 공부가 끝났다고 아저씨 곁을 훌쩍 떠난다는 것은 사람의 도리가 아니라고 생각해요. 그래도 이제는 아저씨께 조금이라도 돈을 돌려드릴 수 있어 마음이 어느 정도 편안해졌어요. 제가 결혼을 한다고 해도 훌륭한 작가가 될 거예요. 결혼과 소설을 쓰는 것은 전혀 다른 일이 아니라고 생각해요.

 지금이라도 기회가 있다면 저는 펜들턴 씨에게 청혼을 거절한 이유가 지미 오빠 때문이 아니라, 존 그리어 고아원 때문이라고 말하고 싶어요. 그렇게 엄청난 사실을 털어놓아도 괜찮을까요? 말을 하려면 더 많은 용기가 필요해요. 그렇게 하느니 차라리 평생 동안 아무 말 없이 사는 것이 더 나을지도 몰라요.

 이건 벌써 두 달 전 일이에요. 그분은 돌아가시고 난 뒤에 한 번도 편지를 보내지 않으셨어요. 간신히 허전한 마음에 익숙해지려고 하는데, 줄리아의 편지가 제 마음을 다시 흩트려 놓았어요. 줄리아는 펜들턴 씨가 캐나다로 사냥을 갔다가 밤새도록 큰비를 맞아 폐렴에 걸려 쉬고 계시다고 알려 줬어요. 저는 그런 사실을 전혀 모르고 있었어요. 그분이 매정하게 떠나시고 난 뒤 아무런 소식도 보내시지 않았다는 것에만 화를 내고 있었죠. 아마 그분도 비참한 마음으로 하루하루를 보내셨을 거예요. 저도 그랬으니까요.

 아저씨가 생각하기에는 제가 어떻게 해야 좋을 것 같으세요?

 주디

10월 6일

그리운 키다리 아저씨.

네, 반드시 찾아가겠어요. 이번 수요일 오후 4시 30분이죠? 물론 길은 알고 있어요. 뉴욕에는 세 번이나 갔었고 저도 이제는 어린아이가 아니니까요. 아저씨를 만나러 간다니 도저히 믿어지지가 않아요. 전 너무 오랫동안 아저씨를 마음속으로만 그리고 있었어요. 그래서 아저씨를 생각하면 피와 살이 있는, 살아 있는 사람이라는 느낌이 들지 않았거든요.

건강도 좋지 않으시다면서 제게 신경을 써 주셔서 정말 고맙습니다. 감기에 걸리지 않도록 주의하세요. 가을비는 습기가 많아서 몸에 안 좋거든요.

사랑을 담아서 주디

추신

갑자기 걱정이 돼요. 아저씨의 집에는 집사가 있나요? 전 집사가 무서워요. 만약 집사가 현관문을 열면 그 자리에서 기절할지도 몰라요.

그분에게 뭐라고 말해야 좋을까요? 아저씨는 제게 이름을 가르쳐 주지 않으셨잖아요. 스미스 씨를 만나러 왔다고 말할까요?

목요일

저비스 도련님이자, 키다리 아저씨이기도 한 펜들턴 스미스 님께.

어젯밤에는 잘 주무셨어요? 저는 한숨도 잘 수 없었어요. 너무 놀랍고 흥분되고 머리가 복잡해서……, 꿈만 같았어요. 앞으로는 잠을 자는 것도, 식사를 하는 것도, 모두 불가능할 것 같아요. 하지만 당신은 편안히 주무셨겠죠? 잠을 설치시면 안 돼요. 빨리 병이 나아서 저를 만나러 오셔야 하니까요.

그리운 분, 당신이 얼마나 편찮으셨을지 생각하면 가슴이 메는 것 같아요. 그런데도 저는 아무것도 모르고 있었어요. 어제 의사 선생님이 마차에 태워 주시며, 지난 사흘 동안은 거의 가망이 없어 보였다고 말씀하셨어요. 만약 그런 상황이 벌어졌다면, 제 빛은 이 세상에서 사라져 버렸을 거예요. 어차피 언젠가는 우리 중 누군가가 먼저 사라지게 되겠지만, 그때까지 행복하게 살며 즐거운 추억을 많이 만들어야 남은 사람이 불행하지 않을 테니까요.

당신과 함께 보낸 30분은 너무 짧은 시간이었어요. 꿈을 꾸고 있는 것 같았어요. 만약 제가 당신의 가족이라면 날마다 문병을 가서 책도 읽어 주고, 발 베개도 만들어 주고, 이마와 입가의 주름을 즐거운 웃음으로 바꾸어 드릴 수 있을 텐데……. 하지만 당신은 곧 나을 수 있으실 거예요. 어제 헤어질 때는 거의 다 나으신 것 같았으니까요. 의사 선생님은, "아가씨가 오고 나서 십 년은 더 젊어지신 것 같으니 기적이에요. 아가씨는 틀림없이 유능한 간호사인가 봅니다."라고 말씀하셨어요. 그런데 누군가를 좋아해서 열 살이나 젊어지면 좀 곤란할 것 같아요. 만약 제가 열 살이 젊어져서 열한 살의 소녀가 된다면, 그래도 저를 좋아하실 수 있겠어요?

어제는 뜻밖으로 정말 멋진 날이었어요. 설사 제가 아흔아홉 살까지 산다고 해도 어제 일은 결코 잊지 못할 거예요. 새벽에 록윌로를 떠난 소녀가 전혀 다른 사람이 되어서 돌아왔거든요.

4시 30분에 셈플 부인이 깨웠을 때, 어둠 속에서 눈을 뜨며 가장 먼저 머릿속에 떠오른 것은 '키다리 아저씨를 만나러 가야 해.'라는 생각이었어요. 부엌에서 촛불을 켜 놓고 식사를 마친 뒤, 아름다운 가을 풍경 속에서 마차를 타고 8킬로미터나 떨어진 역을 향해 달렸죠. 도중에 태양이 단풍나무와 쉬나무를 비추어 주었어요. 맑은 공기는 희망으로 가득 차 있었어요.

뭔가 좋은 일이 일어날 것 같은 느낌이 들었어요. 기차를 타고 있는 동안 철도는 줄곧 내게 노래를 불러 주었어요. 저는 당신이 틀림없이 무엇이든지 옳게 만드는 능력을 가지고 계신 분이라고 믿고 있었어요. 그리고 어딘가에서 또 한 사람, 당신보다 더 소중한 분이 저를 만나고 싶어 한다는 느낌도 들었죠. 이 여행이 끝나기 전에 그분을 만날 수 있을 것 같았어요. 그랬는데 그 예상이 맞았어요.

매디슨 거리에 있는 당신 집에 도착했을 때, 갈색 건물이 너무 웅장해서 들어갈 용기가 나지 않아 주위를 한 바퀴 돌면서 마음을 가라앉혀야 했어요. 하지만 무서워하지는 않았어요. 당신의 집사는 무척 다정해서 긴장하고 있는 제 마음을 편안하게 만들어 주었거든요.

"애벗 양이십니까?" 하고 묻기에 "네." 하고 대답했죠. "스미스 씨를 만나러 왔어요."라는 말은 할 필요가 없었어요. 집사는 "응접실에서 기다려 주십시오."라고 말하더군요. 응접실은 조용하고 남성적인 멋진 방이었어요. 저는 커다란 소파 끝에 앉아, '드디어 키다리 아저씨를 만나는 거야. 키다리 아저씨를 만나는 거라고!' 하며 마음속으로 외쳤어요.

얼마 뒤, 집사가 돌아와 "서재로 가시죠."라고 말했을 때 저는 너무 떨려서 걸음도 간신히 걸을 정도였어요. 집사는 문 앞에서 저를 돌아보고 "주인님은 몹시 편찮으셔서 오늘에야 처음으로 일어나셔도 좋다는 허락을 받았습니다. 그러니까 너무 오래 계시지 말고, 가능하면 주인님이 흥분하시는 일이 없도록 주의해 주십시오."라고 작은 목소리로 속삭였어요. 그 말투에서 그분이 당신을 얼마나 소중하게 생각하는지 알 수 있었어요. 정말 좋은 분이라고 생각해요.

집사는 방문을 노크하고 "애벗 양이 오셨습니다."라고 말했죠. 그리고 제가 들어가자, 등 뒤에서 문을 닫는 소리가 났어요.

밝은 응접실에 있다가 들어갔기 때문에, 어슴푸레한 방 안의 모습을 제대로 분간할 수가 없었어요. 한참 지난 뒤에야 난로 앞에 커다란 안락의자가 놓여 있고, 그 옆에 광택이 나는 작은 탁자와 작은 의자가 있는 것이 보였어요. 그리고 안락의자에 어떤 남자가 등에 베개를 대고 무릎 위에 담요를 덮은 모습으로 앉아 있는 것이 보였어요.

제가 말리기도 전에 그분은 의자에서 일어나셨어요. 그리고 약간 비틀거리며 의자를 붙잡고 서서 아무 말 없이 저를 물끄러미 바라보셨죠……. 그리고, 그리고 저는 그분이 당신이라는 것을 알았어요. 처음에는 어떻게 된 영문인지 제대로 이해할 수가 없었어요. 아저씨가 저를 놀라게 해 주시려고 당신을 부른 것이라고 생각했어요.

당신은 미소를 짓고 손을 내밀며 말씀하셨어요.

"아름다운 주디, 내가 키다리 아저씨였다는 걸 몰랐어?"

그때서야 저는 모든 사실을 알 수 있었어요. 그리고 제가 얼마나 바보였는지도, 조금만 조리 있게 따져 보았어도, 여러 가지 사건으로 미루어 그것을 눈치챌 수 있었을 텐데. 저는 명탐정이 되기는 틀린 것 같아요. 당신을 뭐라고 부르면 좋을지……. 아저씨는 아니고, 저비스라고 부르면 실례일 것 같고.

의사 선생님이 오셔서 밖으로 나올 때까지 30분 동안은 정말 꿈같았어요. 저는 완전히 넋이 빠져서 하마터면 세인트루이스로 가는 기차를 탈 뻔했답니다. 당신도 정신이 없었나 봐요. 제게 커피를 대접하는 것도 잊었잖아요. 하지만 우린 정말……, 정말 행복했어요.

저는 마차를 타고 새까맣게 어두운 밤길을 달려 록윌로에 다시 돌아왔어요. 별이 초롱초롱 빛나는 아름다운 밤이었어요. 오늘 아침에는 콜린을 데리고 당신과 함께 다녔던 길을 전부 돌아다녀 보았어요. 가는 곳마다 당신이 했던 말과 당신 모습을 떠올리면서 말이에요. 숲은 구릿빛으로 빛났고, 공기는 티 없이 맑았어요. 산을 오르기에는 더할 나위 없이 좋은 날씨였죠. 당신과 함께 산을 오르고 싶었어요.

지금 전 꿈에도 생각지 않았던 행복을 가졌으면서도 전보다 훨씬 무거운 기분이에요. 당신에게 무슨 일이 일어나지나 않을까 하는 불안이 머릿속에서 떠나지 않고 있어요. 지금까지 저는 제멋대로이고, 게으르고, 태평스럽게 생활해 왔어요. 그건 지금까지 잃어버릴 것이 아무것도 없었기 때문이에요. 하지만 이제는 평생 동안 불안을 안고 살아야 하는 소중한 보물이 생겼답니다. 당신이 옆에 없을 때는 자동차 사고라도 생긴 것이 아닐까, 간판이 떨어져 머리라도 다친 것은 아닐까, 세균이 든 음식을 모르고 먹은 것은 아닐까 하는 걱정만 하고 있을 거예요. 제 마음의 평화는 이제 사라져 버렸어요. 하지만 저는 원래부터 평범한 평화 따위는 그다지 좋아하지 않았어요.

제발 빨리 나으세요. 저는 손이 닿을 거리에 앉아 당신이 진짜 사람인지 아닌지 확인해 보고 싶어요.

저비, 이곳에 당신이 없어서 너무 쓸쓸해요. 그런데 이건 행복한 외로움이겠죠. 이제 우리는 함께 있을 수 있으니까요. 우린 진정한 서로의 것이에요. 드디어 제가 누군가의 소유가 되다니, 신기해요. 하지만 아주아주 행복해요. 전 이제 단 1초라도 당신을 슬프게 만들지 않을 거예요.

언제까지나 변치 않을 당신의 주디가

추신
이건 태어나서 처음으로 쓴 연애편지예요. 제가 이런 글을 쓰게 되다니 정말 신기한 일이죠?

작품에 대하여

키다리 아저씨

작품 개요

◆ **작품 소개**

1912년에 출판된 진 웹스터의 아동 문학 작품

이 작품은 고아인 제루샤 애벗이 고아원 평의원에게 문학적 재능을 인정받아 후원을 받고 대학에 진학하여, 타고난 재능을 더욱 연마하며 명랑하고 적극적인 여성으로 변모해 간다는 내용을 담고 있다. 이야기는 제루샤가 대학 4년 동안 이름도 모르는 평의원에게 편지를 보내는 형식으로 독특하게 전개된다. 원제는 '다리 긴 거미(Daddy Long Legs)'로 제루샤가 후원자인 평의원에게 붙인 별명인데, 제루샤가 평의원을 부르는 편지 호칭을 보면 내용 전개 과정을 알 수 있다. 처음에는 '고아들을 대학에 보내 주시는 친절한 평의원님께'였지만, 금세 '키다리 아저씨께'로, 마지막에는 '저비스 도련님이자, 키다리 아저씨이기도 한 펜들턴 스미스 님께'로 이어진다. 고아처럼 사회에서 소외된 사람들에 대한 따뜻한 시선과 쾌활한 주인공을 통해 발산되는 기지와 유머 때문에 지금도 많은 독자에게 사랑받고 있는 작품이다. 1915년에 후속작 '속 키다리 아저씨'도 발간되었다.

◆ **줄거리**

제루샤 애벗(주디)은 존 그리어 고아원에서 자라난 고아로, 후원자에게 글솜씨를 인정받아 대학에 진학하게 된다. 그녀는 후원을 받게 되었다는 이야기를 들으러 원장실로 가던 중 후원자의 그림자를 보게 되고, 그에게 '키다리 아저씨'라는 별명을 붙인다. 꿈같은 대학 생활을 하게 된 제루샤는 키다리 아저씨에게 자신이 어떻게 지내며 무엇을 배우는지, 고아인 자신이 평범한 가정에서 자란 샐리나 부유한 가정에서 자란 줄리아와 친구로 지내며 어떤 감정을 느끼는지 등을 편지로 정성껏 적어 보낸다. 그러나 키다리 아저씨에게서는 답장도 없고 그는 그녀를 만나 주지도 않는다. 한편 제루샤는 샐리의 오빠인 지미와 줄리아의 삼촌인 저비스 씨를 알게 되는데, 점점 저비스 씨에게 마음이 끌린다. 제루샤는 저비스 씨에게 청혼을 받지만 자신이 고아임을 말하지 못해 거절하고, 자신의 이런 괴로운 마음을 키다리 아저씨에게 편지로 적어 보낸다. 병석에 누워 있던 키다리 아저씨는 제루샤에게 자신을 만나러 오라는 편지를 보내고, 그를 만나러 뉴욕으로 달려간 제루샤는 키다리 아저씨가 바로 저비스 씨라는 것을 알게 된다. 그리고 두 사람은 서로의 사랑을 확인한다.

◆ 등장인물 소개

제루샤 애벗(주디 애벗)_ 18년간 고아원에서 자라났지만 긍정적이고 명랑하며 상상력이 풍부한 소녀이다. 글솜씨를 인정받아 후원자의 도움으로 대학에 가게 되는데, 열심히 노력하여 결국 작가가 된다. 대학에 들어간 그녀는 후원자인 '키다리 아저씨'에게 '주디'라는 애칭으로 자신의 생활을 재미있게 적은 편지를 보낸다.

키다리 아저씨_ 고아원 평의원으로, 제루샤를 대학에 보내 주는 친절한 후원자이다. 키가 커서 제루샤에게 '키다리 아저씨'라는 별명으로 불리며, '존 스미스'라는 가짜 이름으로 제루샤를 후원한다. 자신에게 편지를 보내는 제루샤에게 깊은 관심을 가지고 있으면서도 자기 정체를 드러내지 않는다.

샐리 맥브라이드_ 제루샤와 가장 친한 대학 친구이다. 빨간 머리에 들창코 소녀인데, 상냥하고 활동적이어서 2학년 때는 과 대표가 된다. 제루샤를 자기 집에 초대해 지미를 비롯한 자기 가족에게 제루샤를 소개한다.

줄리아 러틀리지 펜들턴_ 제루샤의 대학 친구로, 무엇이든 재미없어

하는 콧대 높고 사치스러운 소녀이다. 뉴욕 명문 집안 출신으로, 저비스 펜들턴의 조카이다.

저비스 펜들턴_ 줄리아의 부유한 삼촌으로, 키가 크고 마음이 따뜻한 사람이다. 성격이 밝고 명랑한 제루샤를 사랑하게 되어 그녀에게 청혼을 하지만 거절당한다. 상처를 받고 괴로워하던 그는 제루샤의 진짜 마음을 알게 되자, 그녀에게 자신이 키다리 아저씨임을 밝힌다.

지미 맥브라이드_ 샐리의 오빠로, 잘생기고 친절한 사람이다. 저비스 펜들턴은 제루샤가 좋아하는 사람이 지미라는 오해를 하기도 한다.

작품 해설

◆ **들어가기**

20세기 초 서양에서는 여성 작가들이 젊은 여성 독자들을 대상으로 쓴 청소년 소설이 많이 쏟아져 나왔다. 그중에서도 미국 작가 루이자 메이 앨콧의 《작은 아씨들》과 캐나다 작가 루시 모드 먼트가머리의 《빨강머리 앤》은 아마 이러한 소설의 대표작이다. 그러나 이 무렵 또 다른 여성 작가가 등장하여 그들과 어깨를 나란히 하였다. 뉴욕 주 프리도니아 출신의 미국 여성 작가 바로 진 웹스터(1876~1916)가 바로 그 사람이다.

진 웹스터는 사춘기나 십대의 젊은 여성을 주인공으로 삼아 지적으로뿐만 아니라 도덕적으로, 사회적으로 성장해 가는 과정을 묘사하여 여성 성장 소설의 수준을 한 단계를 높였다는 평가를 받는다. 특히 그녀는 유머 감각에 재치 있는 살아 있는 대화, 통렬한 사회 풍자를 담은 작품을 발표하여 동시대 독자들에게 사랑을 받았다. 웹스터가 출간한 작품 중에서도 《키다리 아저씨》(1912)는 아마 첫손가락에 꼽힐 것이다.

흥미롭게도 웹스터는 《톰 소여의 모험》의 작가 마크 트웨인과 친척이었다. 그녀의 어머니는 트웨인의 조카딸이었고, 그녀의 아버지 찰스 웹스터는 트웨인의 사업 매니저요 출판업자로 그의 작품을 많이 출간하였다. 그러니까 트웨인은 그녀의 외삼촌인 셈이다. 웹스터가 주로 성장 소설을 쓴 작가가 된 것도 어떤 면에서는 트웨인의 영향이 작지 않았을 것이다.

◆ **작품의 배경과 내용**

진 웹스터의 작품은 한국에서는 《키다리 아저씨》라는 제목으로 번역되어 널리 읽히고 있지만 본래 제목은 'Daddy-Long-Legs'이다. 생물학에서는 다리가 긴 장님거미를 가리킨다. 그러나 이 작품의 제목으로는 '키다리 아저씨' 대신에 '키다리 아빠'라고 옮겨야 더 정확하다. 그렇다면 국내 번역가들은 왜 하나같이 '아빠'라고 하지 않고 '아저씨'라고 번역했을까? 크게 두 가지 이유 때문이다. 첫째, 일본 번역가들이 일찍이 '키다리 아저씨'라고 번역한 것을 한국 번역가들이 일본어 번역본에서 중역하면서 그대로 일본 제목을 빌려왔다. 그 뒤 젊은 번역가들도 선배 번역가들이 번역한 것을 그대로 대물림해 왔다. 둘째, 작품의 내용으로 보자면 주인공과 그의 후원자의 관계는 아버지와 딸이 아니라 어디까지나 조금도 피가 섞이지 않은 남남이다. 그래서 '아빠' 대신에 '아저씨'로 옮긴 것이다.

소설 형식에서 보면 《키다리 아저씨》는 앞에 언급한 《작은 아씨들》이나 《빨강머리 앤》과는 조금 다르다. 웹스터는 편지 형식을 빌려 소설을 전개해 나간다. 다시 말해서 그녀는 서간체 소설 형식에 따르는 것이다. 서간체 소설의 장점이라면 독자들은 주인공의 내면세계를 들여다볼 수 있다는 점이다. 마치 남의 편지를 몰래 읽는 것처럼 주인공의 마음속에 들어가 주인공이 무엇을 생각하는지 엿볼 수 있다. 그래서 서간체 소설에서는 삼인칭 소설이나 일인칭 소설보다 좀 더 친밀한 느낌이 든다.

◆ **대학생 여성 성장 소설**

문학 장르에서 보면 《키다리 아저씨》는 성장 소설, 그중에서도 여성 성장 소설에 속한다. 여성 성장 소설이고 해도 이 전통에 속하는 다른 작품과는 달리 이 작품은 여자 대학생을 주인공으로 삼는다. 의탁할 곳이 없는 고아인 주인공 제류샤 애벗은 고아원에서 자란다. 이 '제류샤 애벗'이라는 이름은 고아원 원장이 전화번호 책을 보고 마음대로 골라서 지어준 이름이다. 이 고아원에서는 열여섯 살이 되면 고아원을 떠나게 되어 있지만 제류샤는 성적이 좋아서 고등학교까지 졸업하게 된다. 그런데 고등학교를 막상 졸업하자 대학에 진학하고 싶은 생각이 들지만 고아인 제류샤로서는 상상도 할 수 없는 일이다.

그러나 고아원에 돈을 기부하고 있는 한 평의원이 제류샤가 쓴 글을 읽고 문학적 재능을 인정하여 그녀에게 장학금을 주면서 대학에 다니게 해 준다. 다만 그는 고아원 원장에게 제류샤에게는 자신의 이름을 가르쳐 주지 말고, 오직 4년 동안 편지를 보내게 하라고 부탁한다. 물론 자신은 편지에 답장을 쓰지 않겠다고 말한다.

대학에 입학한 제류샤는 4년 동안 공부를 열심히 하면서 후원자에게 편지를 쓴다. 교장실에 가면서 제류샤는 현관에서 그 후원자의 기다란 그림자만 얼핏 보았을 뿐이다. 그렇게 얼핏 본 그의 그림자를 생각하고 제류샤는 편지를 쓸 때 후원자에게 '키다리'라는 별명을 붙이고 친근하게 '아빠'라고 부른다. 그동안 제류샤는 자신의 이름이 마음에 들지 않는다면 '주디'라는 이름으로 바꾼다. 또한 그녀는 학교에 다니는 동안 친구 삼촌인 저비스라는 사람을 만나 친한 사이가 된다. 자신을 대학에 보내준 고마운 사람이 누군지 궁금한 주디는 여러 차례에 걸쳐 편지에 언제 한번 만나게 해달라고 부탁하지만 번번이 거절당한다.

주디는 후원자의 기대에 걸맞게 작가로서 꿈을 펼치려고 한다. 그래서 소설과 시를 써서 출판사에 보내지만 모두 되돌아와 적잖이 실망한다. 그러나 작가가 되려는 희망은 버리지 않고 계속 글을 써 나간다. 자신이 직접 경험한 일을 써야 좋은 작품이 나온다는 사실을 깨닫고 그녀는 고아원에서 지낸 일들을 작품으로 쓴다. 그리고 마침내 그 작품이 출판사에 받아들여져 돈을 받게 된다. 또 처음으로 가정교사를 해서 돈을 벌기도 한다. 주디는 그렇게 번 돈을 자신의 장학금을 대 준 후원자에게 갚는다. 그리고 주디는 저비스 씨에게 청혼을 받게 되지만 거절한다. 마음이 뒤숭숭해진 주디는 평의원에게 편지를 써서 그 이야기를 고백한다. 그러자 평의원이 주디에게 편지를 써서 자신의 집으로 오라고 한다. 그런데 자신을 후원해 준 '키다리 아저씨'가 다름 아닌 저비스 씨라는 사실을 알게 된다.

◆ **작품의 중심 주제**

진 웹스터는 《키다리 아저씨》의 헌정문에 '당신들에게'라고 썼다. 일반적으로 헌정문에는 책을 쓰는 데 저자에게 영감이나 도움을 준 사람을 적는 것이 관례다. 그런데 웹스터는 남편이나 친구 같은 특정한 사람이 아닌, 이인칭 복수형으로 '당신들'이라고 쓴 것이다. 작가가 이렇게 불특정 다수에게 이 책을 헌정하는 데에는 그럴 만한 까닭이 있다. 여기에서 '당신들'이란 좁게는 젊은 여성 독자들, 넓게 보면 성별과는 관계없이 젊은 독자들, 그리고 더 넓게는 이 책을 읽는 모든 독자들을 가리킨다.

이렇게 독자들의 폭을 넓게 잡은 웹스터는 《키다리 아저씨》에서 좀 더 보편적인 주제를 다룬다. 그녀는 이 작품에서 여성 참정권을 비롯한 여성 권익을 부르짖는다. 이 점에서 이 소설은 페미니즘의 경향을 짙게 풍긴다. 서양에서는 여성이 일찍부터 권익을 보장받은 것 같지만 실제로는 그렇지 않았다. 가령 미국만 해도 1870년에 흑인 노예에서 풀려난 흑인 남성들에게는 참정권을 주면서도 백인 여성들에게는 좀처럼 참정권을 주지 않았다. 미국에서 여성이 참정권을 부여받은 것은 비로소 1920년에 들어와서의 일이다.

얼핏 보면 별로 중요하지 않은 것 같지만, 주인공이 대학에 들어가자마자 '제류샤'라는 이름을 버리고 '주디'라는 이름으로 바꾼다는 사실을 찬찬히 눈여겨보아야 한다. 고아원에서 지어준 이름을 버리고 자신이 직접 새 이름으로 바꾼다는 것은 남이 원하는 대로 자신의 삶을 사는 것이 아니라 이제는 자신의 의도대로 살겠다는 상징적 몸짓이다. 주디에게 개명은 일종의 독립선언이라고 해도 크게 틀리지 않는다.

주디는 처음에는 후원자 '키다리 아저씨'가 시키는 대로 고분고분 따르지만 점차 그에게 반항하기 시작한다. 다시 말해서 주디는 여성으로서, 인간으로 남에게 의존하지 않고 독립적이고 자율적인 인간으로서 홀로서기를 하려고 한다. 그녀의 독립심과 자기의존 정신은 '키다리 아저씨'가 유럽에 보내 주겠다는 제의를 거절하는 데에서 엿볼 수 있다.

더 나아가 주디는 자신뿐만 아니라 후원자를 '교육'시키기도 한다. 후원자의 정치적 입장은 한마디로 사회주의로 규정지을 수 있다. 그러나 그는 사회주의 이론에만 안주할 뿐 그 이상을 현실 세계에 직접 적용시키지 않는다. 말하자면 관념적 사회주의자에 지나지 않는 것이다. 주디는 그에게 사회주의 이상을 현실 세계에서 좀 더 구체적으로 실천하도록 만든다.

그러나 《키다리 아저씨》에서 가장 중요한 주제라면 역시 현재의 삶을 만끽하며 충실하게 살라는 것이다. 과거와 미래를 잊고 오직 현재의 순간에 충실하게 살아가는 것만이 참된 삶이라는 깨달음은 아주 값지고 소중하다.

적어도 이 점에서 이 소설은 '오늘을 살라'라고 가르치는 '카르페 디엠(carpe diem)'의 주제에 가깝다. 일찍이 고대 로마 시인 호라티우스는 '오늘을 잡아라. 될 수 있는 대로 내일이라는 말은 최소한만 믿어라.'라고 노래하였다. 물론 《키다리 아저씨》

에서 쾌락주의나 향락주의가 들어설 자리란 조금도 없다.

◆ **작가 소개**

진 웹스터는 1876년 뉴욕 주의 프리도니어에서 부유한 집안에서 태어났다. 본명은 앨리스 제인 챈들러 웹스터로 여학교에 다닐 무렵 '진'이라는 이름으로 바꾸었다. 지방 사범학교와 기숙학교를 다닌 뒤 그녀는 1897년에 여자 사학 명문대학인 배서 대학에 입학하여 영문학과 경제학을 전공하는 한편, 교도소와 고아원 등 사회 복지 문제에도 깊은 관심을 보였다. 대학 재학 시절부터 그녀는 사회적으로나 경제적으로 불우한 처지에 있는 어린이들에 대해 관심을 기울였다.

 작품으로는 《키다리 아저씨》 말고도 이 작품의 속편 《속 키다리 아저씨》, 단편집 《패티의 대학 시절》, 장편 소설 《피터에 대한 소동》과 《사랑스러운 적》 등이 있다. 웹스터는 1915년에 결혼하여 그 이듬해 딸아이를 분만한 뒤 그 후유증으로 서른아홉의 젊은 나이로 뉴욕 시에서 사망하였다.